Dalai Lama

WORTE DER HINWENDUNG

Dalai Lama

Worte der Hinwendung

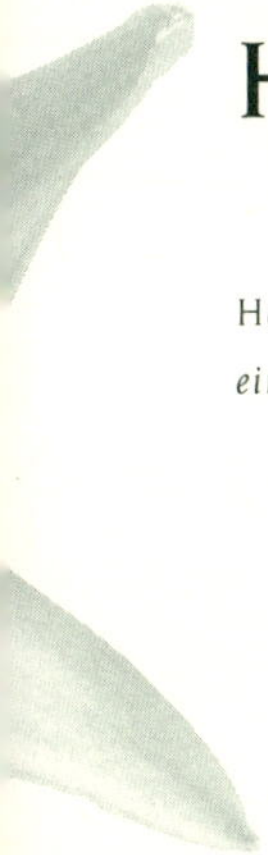

Herausgegeben und eingeleitet von Roswitha Reinhard

Herder
Freiburg · Basel · Wien

Für Jischi Norbu,
das wunscherfüllende Juwel

Möge dieses Buch
für alle fühlenden Wesen
von Nutzen sein

2. Auflage

Buchgestaltung:
hoyerdesign grafik gmbh, Freiburg
Herstellung: Freiburger Graphische Betriebe 1999
Gedruckt auf umweltfreundlichem,
chlorfrei gebleichtem Papier
ISBN 3-451-26927-9

Inhalt

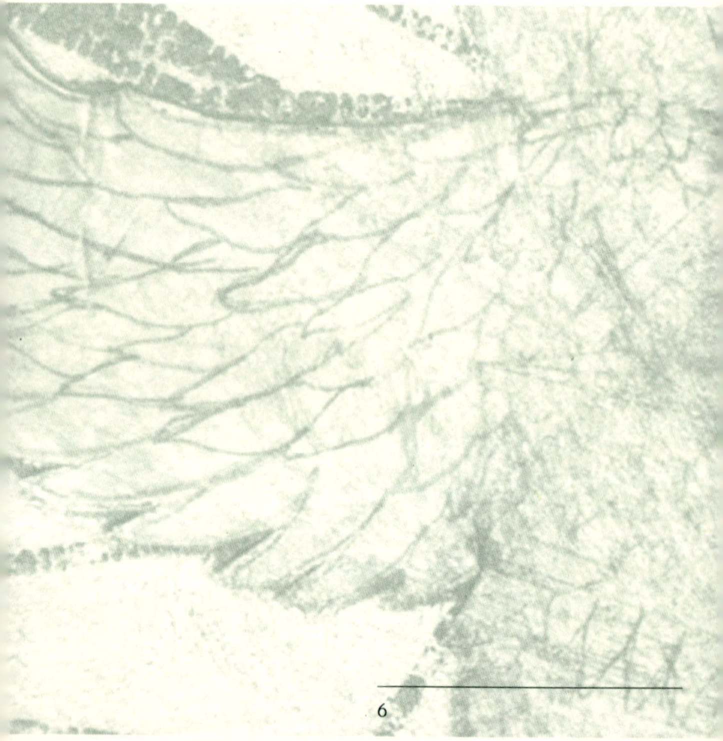

EINFÜHRUNG

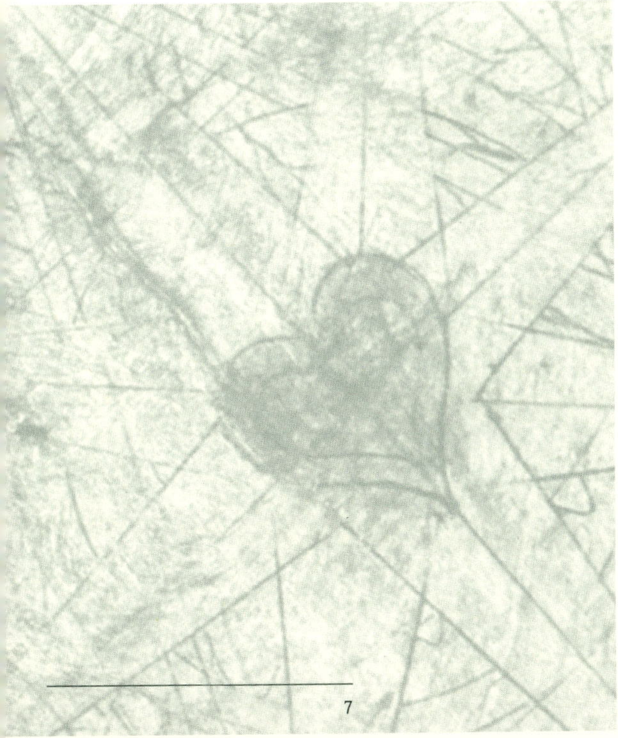

Tenzin Gyatso, der XIV. Dalai Lama

Als der XIV. Dalai Lama 1935 in dem Haus mit den türkisfarbenen Dachziegeln zur Welt kam, war Tibet ein freies Land. Als er fünfzehnjährig die Regierungsgewalt übernehmen mußte, stand das Land vor der Besetzung durch die Chinesen; die Lage war mehr als gespannt, ein glücklicher Ausgang der Dinge höchst unwahrscheinlich. Acht Jahre später ging er ins Exil. Seither setzt er sich unermüdlich für eine gewaltlose Befreiung seines Volkes von der chinesischen Gewaltherrschaft ein, der in rund dreißig Jahren eineinhalb Millionen Tibeter zum Opfer gefallen sind. Sie wurden ermordet, gefoltert, bei Zwangsarbeiten zu Tode geschunden. Sie sind verhungert, in Gefängnissen umgekommen, wurden und werden zwangssterilisiert.

„Aber", so der XIV. Dalai Lama, „ich betone, daß wir noch immer keinen Haß gegen das große chinesische Volk fühlen."

In Amdo, Osttibet, wurde der XIV. Dalai Lama am 6. Juli 1935 geboren. Seine Eltern, die als freie Bauern von ihrem Land keine Reichtümer, aber genug zum Leben erwirtschafteten, hatten in dreißig Jahren sieben Kinder. Schon der älteste Sohn war als die Wiedergeburt eines hohen Lamas erkannt worden. Mehr als eine Inkarnation in einer Familie ist ungewöhnlich, so daß niemand dachte, in dem aufgeweckten Jungen, der damals noch *Lhamo Thöndrup* – die wunscherfüllende Göttin – hieß, würde der Dalai Lama erkannt werden, obwohl er im Spiel gerne seine Sachen packte, um in die Hauptstadt Lhasa zu gehen.

Kurz nach seinem vierten Geburtstag war es dann so weit. Die Mutter mußte ihm die Sachen für die wirkliche Reise nach Lhasa bereitmachen.

Die ersten Jahre im *Potala*, dem Sitz des Dalai Lama, verliefen mit Lernen, Meditation und Gebet in der bewährten Routine, die für die Ausbildung zu diesem hohen Amt üblich war.

Im Sommer 1950 bebte die Erde, und man konnte ihr Grollen in ganz Tibet hören. Am Himmel stand ein feuerroter Schein.

Dann kamen die Chinesen. Am 1. Oktober 1950 überschritt eine Armee von achtzigtausend Mann die tibetisch-chinesische Grenze.

Alle Reformen des XIII. Dalai Lama, der auf eine Erneuerung des Landes und vor allem eine Stärkung des Heeres gedrängt hatte, waren nach seinem Tod wieder eingeschlafen. Die tibetische Gesellschaft lehnte jede Veränderung ab. Die Erstarrung des, wie der XIV. Dalai Lama selbst sagt, zum Teil korrupten Systems erleichterte die militärische Aggression von außen.

Der XIV. Dalai Lama war damals noch minderjährig und damit politisch machtlos.

Das Volk hoffte, er könne das Land trotz seiner Jugend aus der Krise führen. So wurde er 1950 – nach seinen eigenen Worten mit fünfzehn Jahren eigentlich noch ein Junge – das Oberhaupt von sechs Millionen wehrlosen Tibetern, denen die Besetzung durch ein Volk bevorstand, das zu diesem Zeitpunkt bereits mehr als sechshundert Millionen Menschen zählte.

Mit ganzer Kraft und einer Einsicht, die weit über sein Alter hinausreichte, versuchte er für sein Land zu retten, was noch zu retten war. Er reiste nach China, lernte Mao Zedong kennen und begeisterte sich für die Ideen des Marxismus, da Gleichheit und Gerechtigkeit für alle ebenso buddhistische Grundforderungen sind. Trotz beschwichtigender Zusagen des Großen Vorsitzenden verschlechterte sich die Lage in Tibet jedoch weiter. Die Fronten zwischen den Chinesen – die von sich behaupteten, als „Befreier" gekommen zu sein – und den „befreiten" Tibetern verhärteten sich zunehmend, und man mußte mit Recht befürchten, die Besatzungsmacht könne den Dalai Lama gefangennehmen und entführen. So entschloß sich dieser im März 1959 schweren Herzens zur Flucht. Er legte die letzten notwendigen Prüfungen für sein Amt ab und promovierte zum Doktor der buddhistischen Philosophie.

Krank vor Kummer und Sorge und geschwächt von den Strapazen der gefährlichen Reise verließ er Anfang April 1959 seine Heimat, gefolgt von einer riesigen Zahl von Landsleuten.

Seither lebt der XIV. Dalai Lama im Exil in Indien, wo er in den ersten Jahren wegen der belasteten indisch-chinesischen Beziehungen für die Regierung eher ein politisches Problem als ein willkommener Gast war.

Von dort aus kümmert er sich gleichermaßen um seine in Tibet wie auch die im Exil lebenden Landsleute.

Der Dalai Lama ließ für Tibet eine neue demokratische Verfassung ausarbeiten, ein Parlament wählen, dem Exiltibeter aus allen Ländern angehören, und eine Regierung einsetzen, die nach westlichem Muster funktioniert. Er, der als buddhistischer Mönch eigentlich ein Leben in Kontemplation vorziehen würde, reist von Veranstaltung zu Veranstaltung, um auf das Unrecht in Tibet hinzuweisen. Er bemüht sich um Verhandlungen mit den Chinesen zu Bedingungen, die manche Tibeter, die im Exil in Freiheit und relativem Wohlstand leben, nicht mehr recht bereit sind mitzutragen.

Doch die Botschaft des XIV. Dalai Lama ist, daß der Verlust der Heimat zwar bitter sei, daß es aber bei der anhaltenden rigorosen chinesischen Minderheitenpolitik in fünf bis zehn Jahren in der Heimat keine Tibeter mehr geben werde. Der Dalai Lama müsse sich in erster Linie um seine leidenden Landsleute in Tibet kümmern.

Während das Flüchtlingselend in der Welt in erschreckendem Maße zunimmt, konnten die Tibeter – nicht zuletzt dank der Fürsorge ihres Oberhauptes – den Gefahren der Entwurzelung, der Demoralisierung sowie des Abgleitens in die soziale Verelendung bisher entgehen.

1989 fand das Engagement des XIV. Dalai Lama mit der Verleihung des Friedensnobelpreises auch internationale Anerkennung.

Sein Alter hofft der Dalai Lama in Tibet zu verbringen, frei von allen Ämtern und Ehren, als der einfache buddhistische Mönch, als der er sich sein Leben lang fühlte.

Einem gewöhnlich Sterblichen wäre bei einem solchen Leben der Humor sicher restlos vergangen. Nicht so dem Dalai Lama. Er kann immer noch so schallend lachen, daß der Stuhl ins Wackeln kommt, auf dem er sitzt.

Für die Tibeter gilt er denn auch als die stets wiederkehrende Verkörperung des

Mitgefühls und der liebevollen Hinwendung zu allem Lebendigen, der, welcher stets aus den Augenwinkeln schaut. Das heißt, nichts vom Leiden auf dieser Welt entgeht ihm. Die Tibeter nennen dieses erleuchtete Wesen *Chenrezig*. Er ist der Schutzpatron ihres Landes.

Der XIV. Dalai Lama ist ein heiterer, hochqualifizierter Lehrer, der in seiner liebevollen Hinwendung nie müde wird, uns allen den Weg zur Erleuchtung zu zeigen.

I

Dalai Lama

Name und Begriff

Es fällt mir nicht schwer zu akzeptieren,
daß es zwischen mir und
den früheren dreizehn Dalai Lamas,
Chenrezig und selbst Buddha
eine spirituelle Verbindung gibt.

Buddhisten glauben, daß man aus diesem unaufhörlichen Kreislauf von Geburt, Leiden, Tod und Wiedergeburt, der das Leben ausmacht, ausbrechen kann, aber erst, wenn alles negative Karma ausgelöscht ist und wir nichts Weltlichem mehr verhaftet sind. Gelangt man an diesen Punkt, erreicht das Bewußtsein die Befreiung, und man wird schließlich zum Buddha. Der tibetischen Tradition des Buddhismus zufolge kehrt ein Wesen, das die Buddhaschaft bereits erlangt hat, selbst dann zu den Lebenden zurück, wenn es vom Samsara, dem Kreis des Leidens, wie das Phänomen der Existenz genannt wird, befreit ist, und setzt sich so lange für das Wohl aller fühlenden Wesen ein, bis alle befreit sind.

Mich sieht man als die Reinkarnation eines jeden der vorangegangenen dreizehn Dalai Lamas von Tibet, eine Linie, die im Jahre 1351 begann. Diese wiederum sind Verkörperungen von Avalokiteshvara, auf tibetisch Chenrezig, dem Bodhisattva des Mitgefühls, des liebevollen Sich-Hinwendens, und Träger der weißen Lotosblüte. So glaubt man auch von mir, daß ich eine Inkarnation von Chenrezig bin, und zwar die vierundsiebzigste in einer Linie, die man bis zu einem Brahmanenjungen, einem Zeitgenossen des Buddha Shakyamuni, zurückverfolgen kann.

Ich werde oft gefragt, ob ich das wirklich glaube. Die Antwort darauf ist nicht leicht. Doch wenn ich als Sechsundfünfzigjähriger auf meine Erfahrung in diesem Leben zurückblicke und hinzunehme, was ich als Buddhist glaube, dann fällt es mir nicht schwer zu akzeptieren, daß es zwischen mir und den früheren dreizehn Dalai Lamas, Chenrezig und selbst Buddha eine spirituelle Verbindung gibt.

Freiheit, 17f

Wesen wie Chenrezig in der Gesellschaft der Götter sind Personen, die schon Erleuchtung erlangt haben. Nun gibt es viele Arten von Chenrezigs. Die Manifestation des Mitgefühls aller Buddhas trägt den Namen Chenrezig. Diese Art von Chenrezig ist also kein individuelles Wesen. Aber so wie Shakyamuni eine bestimmte Person ist, gibt es auch einen Chenrezig, der eine bestimmte Person ist. Auch können Leute wie wir Chenrezig als unsere besondere Gottheit wählen. Und wenn jemand Erleuchtung erlangt hat, wird er die Form von Chenrezig annehmen.

Interview, 61

Ich sagte bereits, daß der Begriff „Dalai Lama" unterschiedlich interpretiert wird, ich darunter aber nur das Amt verstehe, das ich innehabe. *Dalai* ist eigentlich ein mongolisches Wort, das Ozean bedeutet, während das tibetische Wort *Lama* dem indischen Ausdruck *Guru* entspricht, was soviel wie Lehrer oder Meister heißt. Daher hört man für Dalai Lama oft die freie Übersetzung „Ozean der Weisheit". Ich glaube aber, daß dies auf einem Mißverständnis beruht. „Dalai" war die Übersetzung des zweiten Teils des Namens des III. Dalai Lama, der *Sönam Gyatso* hieß; und *Gyatso* heißt auf tibetisch Ozean.

Was leider auch noch zum Mißverständnis beiträgt, ist die chinesische Übersetzung des Wortes „Lama" mit *huofo*. Huofo bedeutet unter anderem auch „lebender Buddha". Solch eine Übersetzung ist aber falsch, denn so etwas gibt es im tibetischen Buddhismus gar nicht. Was es gibt, sind bestimmte Wesen, zu denen auch der Dalai Lama gehört, die die Art ihrer Wiedergeburt vorherbestimmen können und auf tibetisch *Tülku* (Inkarnation) genannt werden.

Freiheit, 11

II

Die Suche nach Glück

In der gegenwärtigen Weltlage
ist die Notwendigkeit,
ein großes Maß an Einigkeit unter den Anhängern
der verschiedenen Religionen zu entwickeln,
besonders wichtig geworden.
Zudem ist eine solche Einigkeit
kein unmögliches Ziel.

Wenn wir die Weltreligionen von einem ganz allgemeinen Standpunkt aus betrachten und ihre höchsten Ziele untersuchen, so werden wir feststellen, daß alle größeren Weltreligionen, egal ob Christentum oder Islam, Hinduismus oder Buddhismus, einen dauerhaften Zustand des Glücks anstreben. Sie streben nach diesem Ziel. Alle Religionen betonen die Tatsache, daß ein wirklicher Anhänger seiner Religion ehrlich und aufrecht sein sollte, mit anderen Worten, ein wirklich religiöser Mensch sollte immer danach streben, ein besserer Mensch zu werden. Die verschiedenen Weltreligionen vertreten nun unterschiedliche Lehren, die uns bei unserer Veränderung helfen sollen. Unter diesem Aspekt betrachtet sind alle Religionen gleich, es existiert kein Konflikt zwischen ihnen. Dies sollten wir betonen. Wir müssen die Frage nach den religiösen Unterschieden von diesem Standpunkt aus beurteilen.

Wenn wir dies tun, so werden wir keinen Konflikt finden können.

Von einem philosophischen Standpunkt aus betrachtet, steht die Theorie eines Schöpfergottes, der allmächtig und ewig ist, in Widerspruch zu den Lehren des Buddhismus. Von diesem Standpunkt aus gibt es Unterschiede. Für die Buddhisten besitzt das Universum keine erste Ursache und somit keinen Schöpfer; es kann also auch nicht so etwas wie ein ewiges, ursprüngliches, reines Wesen geben. Es existiert also ein Konflikt zwischen diesen Ideen. Sie sind diametral voneinander unterschieden. Aber wenn wir den Zweck dieser Philosophien untersuchen, so können wir feststellen, daß er der gleiche ist. Dies ist meine Überzeugung.

Bodhgaya, 14

Für bestimmte Menschen ist die Vorstellung eines Schöpfergottes, von dessen Willen alles abhängt, sinnvoll und gut; für solche Menschen ist diese Lehre wertvoll. Für andere ist die Vorstellung, daß es keinen Schöpfer gibt, sondern man letztlich selbst Schöpfer ist – alles hängt von einem selbst ab – viel besser geeignet. Für manche Menschen stellt dies eventuell eine viel effektivere Methode dar, um spirituell wachsen zu können. Für diese Menschen ist eine solche Idee besser geeignet und für andere Menschen jene zuerst beschriebene.

Bodhgaya, 16

Alle Religionen haben prinzipiell das gleiche edle Ziel; denn sie alle lehren ethische Grundsätze, welche die Handlungsweise von Geist, Körper und Rede formen. Sie lehren uns, nicht zu lügen, nicht falsch

Zeugnis zu geben, nicht zu stehlen, anderen nicht das Leben zu nehmen und vieles mehr. Die Vielzahl der Religionen, welche alle der Menschheit Glück bringen können, ist vergleichbar mit den verschiedenen Behandlungsmethoden einer speziellen Krankheit. Denn im weitesten Sinne haben alle Religionen das Ziel, den Lebewesen darin zu helfen, Leiden abzuwenden und Glück herbeizuführen. Obwohl sich logische Gründe für die Bevorzugung einer individuellen Interpretation der religiösen Wahrheit finden lassen, gibt es doch viel mehr vom Herzen kommende Gründe, die für Einigkeit sprechen. In der gegenwärtigen Weltlage ist die Notwendigkeit, ein großes Maß an Einigkeit unter den Anhängern der verschiedenen Religionen zu entwickeln, besonders wichtig geworden. Zudem ist eine solche Einigkeit kein unmögliches Ziel.

Das altruistische Streben nach Erleuchtung, der Erleuchtungsgeist, ist das zentrale Thema des Mahayana-Buddhismus in Tibet. Wir Tibeter glauben, daß das Verständnis des Erleuchtungsgeistes viel zu einer grundlegenden Einigkeit und zu einem Geist der Zusammenarbeit unter den Anhängern der verschiedenen Glaubensrichtungen beitragen wird. Wir glauben, daß das Streben an sich große Resultate hervorbringen wird.

Der Buddha erlangte das Ziel des Erleuchtungsstrebens, nachdem er unzählige Opfer auf sich genommen hatte und sich mit großer Kraft und Anstrengung einzig dem Wirken zum Wohl der anderen und der Entwicklung von Weisheit widmete. Über drei Perioden unzähliger Zeitalter hinweg übte er sich in den Handlungen eines Bodhisattva, wobei er vielen Schwierigkeiten ausgesetzt war und große Opfer brachte. Auf diese Weise vervollständigte er schrittweise die zwei Ansammlungen von Verdienst und Weisheit. Schließlich erlangte er in Bodhgaya die höchste Erleuchtung, die Buddhaschaft.

Indem er das Leiden überwand, das dem Anhaften an die Extreme des Weltlichen und des Überweltlichen entspringt, erreichte er den vollkommenen Gleichmut, der aus dem höchsten, unaussprechlichen Frieden, dem Nirvana, resultiert.

Yoga, 93ff

Fragt man, ob Menschen Rechte haben, so lautet die klare Antwort: Ja, es gibt Menschenrechte. Wie kommt es, daß Menschen Rechte haben? Menschenrechte beruhen auf der Tatsache, daß unserem Bewußtsein eine Vorstellung von Ich innewohnt; dieses Ich wünscht Glück und möchte dem Leid entgehen. Der Wunsch nach Glück und das Vermeidenwollen von Leiden sind infolge des auf der relativen Existenzebene erscheinenden Ich der eigentliche Grund dafür, daß es Menschenrechte gibt.

Wir kennen viele Ebenen des Glücks, nach dem wir alle streben, und des Leidens, dem wir entgehen wollen. Viele Millionen Menschen in dieser Welt suchen nach einem Weg, glücklich zu sein und das Leid zu überwinden, und betrachten dabei ihren Weg als die beste Methode. Alle großen Entwürfe, die Fünfjahrpläne und Zehnjahrpläne, gründen in dem Wunsch nach Glück.

Logik, 97

Von Natur aus sucht jeder von uns Glück und möchte kein Leid erfahren. Wir haben jedes Recht, Glück zu erlangen – ein besseres, dauerhaftes Glück, wenn die Möglichkeit besteht, es zu erreichen. Genauso haben wir jedes Recht, jede Art von Leid zu überwinden.

In der gegenwärtigen Zeit – und das gleiche gilt, wie ich glaube, auch für die Vergangenheit – kann man zwei Grundanschauungen unterscheiden. Eine Gruppe von Menschen glaubt nur an die Materie und an nichts weiter, das darüber hinausginge. Diese Menschen nennen wir gewöhnlich Atheisten – sie sind extrem materialistisch und atheistisch eingestellt.

Auf der anderen Seite gibt es eine Gruppe von Menschen, die glauben, daß es noch etwas gibt, das über den materiellen Dingen steht. In vielen Fällen stützt sich ihre Überzeugung hauptsächlich auf Glauben; sie haben es schwer, ihre Anschauungen mit logischen Begründungen zu beweisen. Sie folgen ihren Anschauungen und benutzen ihre Methoden, weil sie der Ansicht sind, daß sie auf diesem Weg das größte Glück finden. Auch das ist gut, es ist ihr eigenes Recht.

Yoga, 11f

III

Die Vier Edlen Wahrheiten

Je tiefer wir das Leiden durchschauen,
um so näher kommen wir dem Ziel
der Befreiung vom Leiden.

Wurzel des buddhistischen Denkens sind die Vier Edlen Wahrheiten – das wirkliche Leiden, seine Ursachen, seine Beendigung und der dafür zu beschreitende Weg. Die Vier Wahrheiten gliedern sich in zwei Gruppen von Ursache und Wirkung: die Leiden und ihre Quellen; die Beendigung des Leidens und der Weg dazu. Leiden ist wie eine Krankheit. Die äußeren und inneren Bedingungen, die jene Krankheit hervorbringen, sind die Ursachen des Leidens. Der Heilungsprozeß ist die Beendigung des Leidens und seiner Ursachen. Die Heilmethode (Medizin) ist der wahre Weg.

Am Anfang muß man die Krankheit erkennen und als solche bestimmen. Das ist die erste der Vier Edlen Wahrheiten. Zweitens ist es notwendig, die Ursachen der Krankheit zu erkennen, damit man die richtige Medizin einnehmen kann. Deshalb ist die zweite der Edlen Wahrheiten die Frage nach Ursachen oder Quellen des Leidens.

Nun wäre es aber ungenügend, bei der Benennung der Ursachen stehenzubleiben, sondern man muß vielmehr ergründen, ob es möglich ist, die Krankheit zu heilen. Das Wissen um die Möglichkeit der Heilung ist vergleichbar mit der dritten Ebene der wirklichen Überwindung des Leidens und seiner Ursachen. Damit ist das unerwünschte Leiden erkannt, und seine Ursachen sind bestimmt.

Hat man einmal verstanden, daß die Krankheit heilbar ist, kann man Medizin als Mittel zur Beseitigung der Krankheit nehmen. In gleicher Weise soll man dem geistigen Weg zutrauen, daß er zur Freiheit vom Leiden führen kann.

Logik, 47f

Wir unterscheiden im allgemeinen drei Grundformen des Leidens: das Leiden des Schmerzes ist das, was wir gewöhnlich als körperliches oder psychisches Leiden bezeichnen, zum Beispiel Kopfschmerzen.

Die zweite Form, das Leiden des Wandels, ist das, was wir oberflächlich als Vergnügen empfinden, das aber, schauen wir genauer hin, in Wahrheit Leiden ist. Nehmen wir als Beispiel etwas, das wir normalerweise als Vergnügen betrachten, wie den Kauf eines neuen Autos. Solange es neu ist, empfinden wir Glück, sind zufrieden und angetan. Benutzen wir es aber einige Zeit, tauchen Probleme auf. Wäre das Auto in sich selbst eine vergnügliche Sache, müßte das Vergnügen mit zunehmendem Gebrauch der Ursache dieses Vergnügens – des Autos also – wachsen. Aber dem ist nicht so. Je mehr wir das Fahrzeug benutzen, desto größere Schwierigkeiten verursacht es. Deshalb nennt man einen solchen Fall Leiden des Wandels, denn durch Veränderung wird die Natur dieser Form des Leidens offenbar.

Die dritte Form des Leidens ist die Grundlage für die anderen beiden, was durch unsere eigenen verunreinigten geistigen und physischen Bedingungen illustriert wird. Es wird als Leiden der allbestimmenden Verursachung von Wiedergeburt bezeichnet, da alle Wesen, die im Kreislauf der Geburten wandern, von ihm betroffen sind und da es der Grund nicht nur für gegenwärtiges Leiden, sondern auch für zukünftiges ist. Es gibt keine Möglichkeit, dieser Form des Leidens zu entgehen, es sei denn, daß das Kontinuum der Wiedergeburten aufgelöst wird.

Logik, 48f

Was sind die Ursachen dieser Leiden? Auf Grund welcher Zustände entsteht Leiden? Es gibt zwei Ursachen: (1) Karma und (2) die leidverursachenden Emotionen; diese beziehen sich auf die zweite der Vier Edlen Wahrheiten, auf die wahren Ursachen des Leidens.

Logik, 49

Je tiefer wir das Leiden durchschauen, um so näher kommen wir dem Ziel der Befreiung vom Leiden. Deshalb sollten wir uns nicht an der Möglichkeit freuen, in zukünftigen Leben diese Art von Körper und Bewußtsein wiederzugewinnen, die ja auch unter dem Einfluß verunreinigter Handlungen und leidverursachender Emotionen stehen. Vielmehr sollten wir nach einem Zustand trachten, in dem die Aggregate, die als Grundlage des Leidens wirken, völlig ausgelöscht sind.

Die Ausbreitung der Wirklichkeit, in die hinein alle Verunreinigungen, die Leid bewirken, aufgehoben (transformiert) worden sind, nennt man Befreiung.

Logik, 179

Wir besitzen mentale und physische Aggregate jetzt, und wir werden sie auch noch besitzen, wenn wir die Buddhaschaft erlangen. Aber die Ursache dafür, daß mentale und physische Aggregate erzeugt werden, die zum Kreislauf der Geburten drängen, liegt in dem Verunreinigungsprozeß, der aus einem unkontrollierten Bewußtsein und den Handlungen, die es erzeugt, resultiert. Darum ist es möglich, die mentalen und physischen Aggregate von dem Prozeß, der zur Verunreinigung führt – und darum die leiderfüllte Natur der Aggregate erzeugt – zu trennen. Und so bleibt ihr Kontinuum in gereinigter Form zurück.

Um nun die Aggregate von den leiderfüllten Zuständen, die durch den Einfluß der Verunreinigungen entstanden, zu trennen, muß man sowohl die Neuanhäufung verunreinigter Handlungen und ihrer Impulse (*karman, las*) verhindern als auch die Energiezufuhr zu bereits vorhandenen verunreinigten Karmas, die früher erzeugt wurden, unterbinden. Dazu bedarf es der Überwindung der leidverursachenden Emotionen.

Logik, 170*f*

Fragt man danach, ob die leidverursachenden Emotionen überwunden werden können oder nicht, befaßt man sich mit der dritten der Edlen Wahrheiten, der Beendigung des Leidens. Wären die leidverursachenden Emotionen in der Natur des Geistes begründet, könnte man sie nicht überwinden. Würde etwa das Hassen in der Natur des Geistes liegen, wären wir voller Haß, solange wir bewußte Wesen sind, aber das ist offensichtlich nicht der Fall. Dasselbe gilt in bezug auf unser Verhaftet-Sein. Also können wir schlußfolgern, daß das Wesen des Geistes bzw. des Bewußtseins durch jene Faktoren nicht verunreinigt ist. Deshalb können die Verunreinigungen von der Geistnatur abgetrennt und beseitigt werden.

Es ist offenkundig, daß unsere guten inneren Einstellungen und die schlechten inneren Einstellungen einander ausschließen. So können etwa in derselben Person Liebe und Ärger nicht gleichzeitig entstehen. Ist man wegen einer Sache ärgerlich, kann man nicht gleichzeitig und in bezug auf dieselbe Sache Liebe empfinden, und ähnlich, wenn man etwas liebt, kann man nicht gleichzeitig hinsichtlich desselben Objekts Ärger empfinden.

Dies bedeutet, daß beide Bewußtseinszustände einander ausschließen. Demzufolge muß die eine Art der inneren Einstellungen um so schwächer werden, je mehr man die andere einübt und pflegt. Aus diesem Grund verschwindet die schlechte Seite automatisch, wenn man heilende Hinwendung und Liebe übt.

Damit ist bewiesen, daß die Ursachen des Leidens schrittweise beseitigt werden können. Die völlige Ausschaltung der Ursachen bedeutet das Ende des Leidens. Das ist die endgültige Befreiung – wirklicher, ewiger Friede, Heil. Es ist dies die dritte der Vier Edlen Wahrheiten.

Logik, 50f

Auf welchen Weg soll man sich begeben, um das Leid überwinden zu können? Da das Übel hauptsächlich vom Bewußtsein kommt, müssen die Mittel zur Überwindung des Übels in den betreffenden Bewußtseinszuständen gesucht werden. Man muß die wirklichen Existenzbedingungen aller Erscheinungen erkennen, am wichtigsten ist es aber, die letztgültige Wirklichkeit des Geistes zu erfassen.

Logik, 47f

Wenn man erkannt hat, daß das Leben im Daseinskreislauf seiner Natur nach leidhaft ist und sich dessen bewußt ist, daß ganz bestimmte Ursachen für Leid verantwortlich sind, die sich so aufheben lassen, daß eine Beendigung des Leides erreicht wird, wird sich der Wunsch entwickeln, den Pfad zu suchen, der aus dem Leid herausführt, und ebenso der Wunsch, in diesen Pfad einzutreten.

Harvard, 26

Zuerst muß man dabei erneut die Natur des Geistes, so wie sie ist, auf völlig nicht-dualistische Weise direkt erfahren. Dies wird als Weg des Sehens bezeichnet. Dann, im nächsten Schritt, soll man mit dieser Einsicht vertraut werden und sich darin üben. Dies wird als Weg der Meditation bezeichnet. Noch vor diesen zwei Stadien muß man eine dualistische meditative Stabilisierung üben und erreichen, die durch die Vereinigung vom stetigen Ruhen des Bewußtseins in einem Punkt (*samatha*) und besonders tiefer Einsicht (*vipasyana*) entsteht.

Logik, 47*f*

Dies sind die Ebenen des Weges, die vierte Edle Wahrheit, die zur Verwirklichung der dritten Edlen Wahrheit erforderlich sind. Diese Beendigung des Leidens sind Stadien, in denen der Inhalt der ersten beiden Edlen Wahrheiten – Leiden und seine Ursachen – nicht mehr existiert. Die vier Wahrheiten sind die Grundstruktur buddhistischen Denkens und buddhistischer Praxis.

Logik, 47f

IV

Karma

Ursache und Wirkung

Die Lehre des Buddha ist,
daß ich mein eigener Meister bin
und alles von mir selbst abhängt.

Freude und Schmerz werden durch unsere eigenen früher begangenen Handlungen (*karman*) verursacht. So kann Karma ohne Schwierigkeiten in einem kurzen Satz erklärt werden: Handeln wir gut, wird alles gut werden, und handeln wir schlecht, werden wir leiden müssen.

Karma bedeutet Handlung. Hinsichtlich des Modus der Handlungen können körperliche, verbale und mentale Handlungen unterschieden werden. Hinsichtlich ihrer Wirkungen sind Handlungen entweder tugendhaft, lasterhaft oder neutral. Im Hinblick auf die Zeit unterscheiden wir zwei Typen von Handlungen: intentionale Handlungen, die sich ereignen, während man sich vornimmt, etwas zu tun, und die intendierten Handlungen, die Ausdruck dieser mentalen Motivationen im physischen und verbalen Bereich sind.

Logik, 53f

Vergnügen und Schmerz sind Wirkungen. Daß Vergnügen und Schmerz der Veränderung unterliegen, zeigt, daß sie von Ursachen abhängen. Sind sie einmal als verursacht erkannt, kann das gewünschte Glück dadurch erreicht werden, daß man die Ursachen erzeugt, und Leiden dadurch vermieden werden, daß man die Ursachen abstellt. Selbst wenn man ein Leid nicht wünscht, muß man es erleiden, solange die Ursache für dieses Leid im eigenen Bewußtseinskontinuum bestehen bleibt.

Weil Vergnügen und Schmerz in den Prozeß von Ursache und Wirkung eingebunden sind, können wir also erkennen, was uns in der Zukunft erwartet, da ja zukünftige Erscheinungen von unseren jetzigen Handlungen und Gedanken abhängen. So betrachtet wird es uns deutlich, daß wir in jeder Minute viele Karmas – Handlungen – anhäufen, die unsere zukünftigen Wiedergeburten beeinflussen werden. Daraus können wir schließen, daß es kein Ende des Leidens geben wird, solange wir nicht eine Methode anwenden, durch die alle Ursachen beseitigt werden, die den Prozeß des Kreislaufs der Geburten in Gang halten.

Logik, 178f

Die Mischung aus Glück und Leid, die das Leben jedes gewöhnlichen Wesens ausmacht, ist das Resultat seiner Gedanken, seiner körperlichen Handlungen und sprachlichen Aktivitäten in früheren Leben. Ein undisziplinierter Geist drückt seine schlechten Gedanken durch schlechte äußere Handlungen aus, welche wiederum schlechte Eindrücke im Geist hinterlassen. Letztere reifen heran, sobald äußere Stimulatoren auftreten, und lassen den Geist die Resultate der früheren Handlungen erleiden.

Yoga, 91

Weil unsere Aggregate, unser Bewußtsein und Körper also, eine Folge früherer verunreinigter Handlungen und leidverursachender Emotionen sind, stehen sie nicht unter unserer eigenen Kontrolle. Das bedeutet, daß wir, obwohl wir doch Glück wünschen und Leid vermeiden wollen, dennoch von vielen ungewollten Leiden und Mangel an Glück bedrängt werden, da ja unsere Bewußtseinskräfte und körperlichen Funktionen durch frühere Handlungen und Emotionen gesteuert werden. Haben wir solche verunreinigten Aggregate einmal aufgebaut, werden sie zur Basis für das Leid, das wir in der Gegenwart erfahren und führen auch zukünftiges Leiden herbei.

Logik, 169f

Die Lehre des Buddha ist, daß ich mein eigener Meister bin und alles von mir selbst abhängt. Dies bedeutet, daß Freude und Schmerz aus unseren eigenen tugendhaften oder lasterhaften Handlungen erwachsen, also nicht von außen, sondern von innen kommen. Diese Theorie ist im täglichen Lebensvollzug von großem Nutzen, denn sind wir einmal zu der Einsicht gekommen, daß zwischen einer Handlung und ihrer Wirkung ein Zusammenhang besteht, werden wir beständig auf der Hut sein und uns selbst kontrollieren, ganz gleich, ob wir beobachtet werden oder nicht.

Logik, 53f

Die drei grundlegenden leidverursachenden Emotionen sind Unwissenheit, Begierde und Haß. Sie verursachen eine Reihe anderer Leidenschaften wie etwa Eifersucht und Feindseligkeit. Um die Karmas oder Handlungen, die ja Quelle des Leidens sind, auszulöschen, muß man diese ursächlichen Leidenschaften überwinden. Deshalb sind die leidverursachenden Emotionen und nicht die Karmas letztlich Hauptursache des Leidens.

Logik, 50

Leiden entstehen zeitweilig. Das ist ein Zeichen dafür, daß sie auf Ursachen beruhen. Man muß erkennen, daß Unwissenheit die Wurzel des Daseinskreislaufs und damit der grundlegende Ursprung des Leides ist. Dabei ist es hilfreich, genauer zu verstehen, wie sich Wut und Begierde entwickeln.

Harvard, 126

Verblendung kann sehr unterschiedlich verstanden werden. Vom Standpunkt des höchsten Systems, der Konsequenz-Schule des Mittleren Weges, wird sie beschrieben als die Auffassung, daß Objekte inhärente Existenz hätten, obwohl sie diese in Wirklichkeit nicht haben. Durch die Macht einer derartigen Verblendung werden dann die anderen leidverursachenden Emotionen hervorgebracht.

Logik, 171

Wir sind daran gewöhnt, die Existenz von Objekten als absolut wahr anzunehmen, aber diese Annahme hat keinen haltbaren Grund. Das Gegenteil davon ist die Einsicht, daß die Erscheinungen nicht inhärent existieren, und obwohl wir an diese Sicht nicht gewöhnt sind, gibt es Gründe, die die nicht-inhärente Existenz der Erscheinungen beweisen. Diese Sicht hat also eine haltbare Begründung, und indem wir uns mit den Gründen, die sie stützen, vertraut machen, können wir jene Weisheit hervorbringen, die das Gegenteil von Verblendung ist.

Logik, 172

Ist man nicht genügsam, sondern gierig nach diesem und jenem, so kann das Verlangen doch nie völlig gestillt werden. Selbst wenn man über die ganze Welt herrschen würde, würde das noch nicht genügen. Begierde kann nicht gestillt werden. Wenn man verlangt und immer wieder mehr verlangt, wird man viele Widrigkeiten, Enttäuschungen, Unglück und Schwierigkeiten auf sich ziehen. Große Begierde kennt nicht nur keine Erfüllung, sie schafft selbst auch Schwierigkeiten.

Logik, 178

Materieller Fortschritt allein kann den Menschen unmöglich endgültiges und dauerhaftes Glück bringen. Er wird immer neues Verlangen nach weiterem Fortschritt entfachen. Trinkt man Salzwasser, so nimmt der Durst nur noch zu. Annehmlichkeiten, die nur aufgrund äußerer Faktoren entstehen, sind vorübergehend und bilden eine Grundlage für die Vermehrung von Begierden, die wiederum unausweichlich mehr und mehr Schwierigkeiten und Leiden erzeugen. Wirkliches Glück muß von innen kommen. Einzig die Freude und die Zufriedenheit, die der inneren Kraft des Geistes entspringen, sind wahrhaft und beständig.

Yoga, 90

Haß und Wut berauben uns einer der wertvollsten Qualitäten unseres Menschseins: Sie stehlen uns unser gesundes Urteilsvermögen. Wir Menschen haben den übrigen Säugern ein sehr leistungsfähiges Gehirn voraus. Es befähigt uns, richtig und falsch zu unterscheiden, nicht nur im Hinblick auf die aktuellen Belange des heutigen Tages, sondern auf zehn, zwanzig, ja einhundert Jahre vorausschauend. Ohne irgendwelches besonderes „Vorauswissen" können wir mit unserem gesunden Menschenverstand feststellen, ob ein bestimmtes Vorgehen richtig, oder ob es falsch ist. Wir wissen: Wenn wir dieses oder jenes tun, werden sich daraus diese oder jene Folgen ergeben.

Leider verlieren wir dieses gesunde Urteilsvermögen, sobald Wut oder Verbitterung unser Bewußtsein trüben. Der Verlust unseres Urteilsvermögens aber hat traurige Konsequenzen. Dann sind wir zwar unserer physischen Erscheinung nach noch Menschen, aber geistig sind wir unvollkommen. Etwas Wichtiges fehlt. Da wir nun einmal einen menschlichen Körper haben, müssen wir alles unternehmen, um uns unser Urteilsvermögen zu bewahren. Darüber können wir äußerlich keine Versicherung abschließen. Die Versicherungsgesellschaft, die dafür zuständig ist, liegt in uns. Sie heißt: Selbstdisziplin, Bewußtheit und Erkenntnis. Wobei Erkenntnis bedeutet, daß wir einsehen, welche Nachteile Wut und Verbitterung uns bringen und welche Vorteile Güte und Freundlichkeit. Wir müssen uns diese Tatsache nur stets ins Gedächtnis rufen, um an sie zu glauben, bis Bewußtheit schließlich das Bewußtsein kontrolliert.

Achtsamkeit, 15

Welche Umstände führen nun dazu, daß Haß entsteht? Haß entsteht, weil wir unsere Empfindungen von Ungenügen oder Übel auf die Erscheinungen der Wirklichkeit projizieren, die aber nicht dem entsprechen, was wirklich vorhanden ist. Auf dieser Grundlage entwickeln wir Ärger über das, was der Erfüllung unserer Begierden im Wege steht. Deshalb ist die Annahme, Haß sei dem Geist inhärent, nicht gültig. Die Natur des Geistes als Liebe zu begreifen, hat hingegen eine gültige Grundlage. Liegt eine unbegründete Haltung mit einer begründeten für längere Zeit im Wettstreit, wird schließlich die begründete den Sieg davontragen.

Daraus folgt, daß schlechte innere Einstellungen allmählich verschwinden werden, wenn man sich nur beständig in guten Einstellungen übt, die ja begründbar sind.

Logik, 44

Zorn kann nicht durch Zorn überwunden werden. Wenn Ihnen ein Mensch mit Zorn gegenübertritt, und Sie mit Zorn reagieren, sind die Folgen verheerend. Wenn Sie aber Ihren Zorn beherrschen und eine gegenteilige Haltung einnehmen – Mitleiden, Toleranz und Geduld –, dann erhalten Sie sich nicht nur den eigenen Frieden, sondern der Zorn des anderen wird dadurch allmählich abnehmen.

Auch die Weltprobleme kann man nicht mit Zorn oder Haß angehen. Man muß ihnen mit Mitgefühl, Liebe und wahrer Güte gegenübertreten. Sehen Sie sich all die schrecklichen Waffen an, die es gibt. Und doch können die Waffen selbst keinen Krieg anzetteln. Der Knopf, der ihn auslöst, liegt unter einem menschlichen Finger, der durch Gedanken, nicht durch seine eigene Kraft, bewegt wird. Die Verantwortung liegt in unserem eigenen Denken.

Güte, 54

Die negativen Emotionen wie Haß, Zorn und Begierde sind unsere wahren Feinde, die unser geistiges Glück stören und zerstören und in der Gesellschaft Unruhe schaffen. Deshalb müssen sie völlig beseitigt werden; sie haben nicht das geringste Potential, Glück zu erzeugen.

Güte, 106

Wie erscheint das Objekt, wenn wir auf jemanden wütend sind? Man wird wütend, weil die andere Person einem selbst geschadet hat, schadet oder schaden wird. Aber was ist das Ich, das geschädigt wurde? In dem Moment der Wut selbst hat man das Gefühl, daß sowohl das Subjekt, also ich selbst, als auch das Objekt, nämlich der Feind, etwas sehr Festes und Unabhängiges sind. Das Objekt erscheint so, als besäße es inhärente Existenz, und das Subjekt erscheint so, als besäße es inhärente Existenz; und unser Geist hält diese Erscheinungsweise für wahr und willigt in sie ein. Beides – die Erscheinung von Objekt und Subjekt als etwas, was inhärent existiert, und das Annehmen dieser Erscheinungsweise – ist die Grundlage der Wut.

Doch nun kann man solche logischen Untersuchungen anwenden, wie sie in den Schriften der Philosophie des Mittleren Weges zu finden sind. Man fragt sich: „Wer ist eigentlich das Ich, das verletzt wurde? Was ist der Feind? Ist der Feind der Körper? Ist der Feind der Geist?" Wenn diese Überlegungen gelingen, ist es, als ob sich beide in nichts auflösten – der so massive Feind, der aus sich heraus etwas zu sein scheint, worauf man wütend sein muß, und das scheinbar aus sich selbst heraus existierende Ich, das verletzt wurde. Dadurch zerbricht die Wut gewissermaßen.

Harvard, 127

V

Der Daseinskreislauf

Es ist nicht vernünftig zu meinen,
es gebe keine vergangenen und zukünftigen Leben,
nur weil man sie nicht gesehen hat.

Wir leben in einem Meer von Existenzkreisläufen, dessen Tiefe und Ausdehnung unermeßlich sind. Immer wieder bedrängen uns die Plagen von Begierde und Haß – es ist so, als ob wir ununterbrochen von Haien angegriffen würden.

Geist und Körper werden durch frühere, verunreinigte Handlungen und Plagen beherrscht, die der Grund für gegenwärtiges Leiden sind und zukünftiges Leiden auslösen. Solange eine solche Kreislaufexistenz andauert, gehen wir angenehmen und unangenehmen Gedanken nach: „Was werden die Leute denken, wenn ich dies tue?" „Tue ich es nicht, wird es zu spät sein, und ich mache keinen Gewinn." Wenn wir etwas Angenehmes sehen, denken wir: „Oh, wenn ich das nur haben könnte!" Wir sehen, es geht anderen gut, und wir entwickeln Eifersucht, unfähig zu ertragen, daß es ihnen gut geht. Wir sehen einen anziehenden Menschen und wollen eine Beziehung. Wir sind nicht zufrieden mit einer vorübergehenden Beziehung, wir wollen, daß sie für immer dauert. Sind wir dann mit dem Betreffenden zusammen, begehren wir jemand anders. Sehen wir jemanden, den wir nicht mögen, werden wir zornig und fangen nach einem Wort Streit an. Wir haben das Gefühl, wir müssen fort, ohne auch nur eine Stunde in der Nähe dieser Person zubringen zu können. Tag und Nacht, Nacht und Tag verbringen wir unser Leben in der Gesellschaft von Plagen, lassen Begierde für die angenehmen Dinge entstehen und Zorn für die unangenehmen. Das setzen wir sogar fort, wenn wir träumen: unfähig zu entspannen, bleibt der Geist ganz und gar und ununterbrochen vermischt mit Gedanken von Begierde und Haß.

Tantra, 27

Dies ist der Weg unserer scheinbar endlosen Reise im Daseinskreislauf. So lange wir in einem solchen Daseinskreislauf existieren, sind wir vielen verschiedenen Arten des Leidens ausgesetzt. Zusammenfassend dargestellt, bestehen alle Leiden aus drei grundlegenden Arten: dem Leid des Schmerzes selbst, dem Leid des Wandels und dem Leid der alles beherrschenden Abhängigkeit von befleckten Taten und Leidenschaften.

Harvard, 58

Die im Daseinskreislauf umherwandernden Wesen haben zuerst die Vorstellung eines wahrhaft existierenden Ich; in Abhängigkeit davon entsteht ihre Vorstellung eines wahrhaft existierenden Mein. Durch die Macht dieser falschen Vorstellungen wandern sie machtlos im Daseinskreislauf umher, gleich den Schaufeln eines

Ziehbrunnens, die sich ohne eigene Macht auf und ab bewegen.

Solange man daher nicht die eigentliche Natur der Phänomene sieht, faßt man sie so auf, als existierten sie inhärent, von ihrer eigenen Seite her; diese Auffassung erzeugt Begierde und Haß und führt zur Ansammlung von Taten, Karmas. Wenn man aber einmal die Wirklichkeit, die in der Abwesenheit von inhärenter Existenz besteht, in unmittelbarer meditativer Schau erkannt hat, sammelt man nicht länger solches Karma an, das eine weitere unfreiwillige Geburt im Daseinskreislauf hervorbringen könnte.

Harvard, 104

Dieser kausale Prozeß fesselt die Wesen an mentale und physische Aggregate, die jene leidvollen Momente von Geburt, Alter, Krankheit und Tod in sich bergen. Wegen dieser kausalen Kette sind wir den drei Arten des Leidens unterworfen, nämlich physischem und geistigem Schmerz, dem Leid des Wandels und dem alldurchdringenden Leid der Bedingtheit, das einfach darin besteht, daß wir unter dem Einfluß des verunreinigten Prozesses der Verursachung stehen.

Logik, 184

Zuerst erfahren wir Leiden während der Geburt und dann in der Kindheit. Am Ende des Lebens ist es das Alter – die körperliche Altersschwäche, Unbeweglichkeit, die Verschlechterung der Sehkraft, Verlust des Gehörs, verbunden mit vielen Unbequemlichkeiten und Schmerzen – und schließlich das Leiden des Todes. Zwischen dem Leiden der Geburt und des Todes werden wir von verschiedenen Arten des Leidens gefangengehalten, so etwa von Krankheit, oder daß wir nicht bekommen, was wir uns wünschen, oder daß uns zuteil wird, was wir nicht mögen. So dienen die Aggregate des Bewußtseins und des Körpers als Grundlagen des Leidens.

Logik, 179

Das Sterben ist für uns ein Leid, das wir uns nicht wünschen. Es ist eines unserer vier Grundleiden: Geburt, Altern, Krankheit und Tod. Ein Grund unserer Furcht vor dem Tod ist der Gedanke, daß wir nicht mehr existieren werden. Jetzt leben wir, doch wenn diese Zeit, in der wir lebendig sind, zu Ende geht, werden wir nicht mehr da sein – dieser Gedanke jagt uns Angst ein.

Yoga, 43

Von allen Existenzformen ist die als Mensch die kostbarste. Wenn ein Wesen in menschlicher Gestalt wiedergeboren wird, so findet es sich selbst an einem Scheideweg, der in der einen Richtung zum Ziel der höchsten Befreiung führt und in der anderen Richtung in den Sumpf des Daseinskreislaufes (*samsara*) mit seinen sich immer weiter fortsetzenden Leiden. Wir sollten daher einen weisen Gebrauch von unserer Geburt als menschliche Wesen machen, indem wir unseren Weg zur endgültigen Rettung aus dem Daseinskreislauf beschreiten, diesem Zyklus von immer neuen Geburten, der von Leiden nicht zu trennen ist.

Yoga, 91*f*

Das Wesen im Zwischenzustand stellt schließlich die Verbindung zur neuen Geburt her. Im allgemeinen werden vier Arten der Geburt erklärt: die spontane Geburt, die Geburt aus dem Mutterleib, die Geburt aus dem Ei und die Geburt aus Feuchtigkeit und Wärme. Die Geburt eines Wesens in den Zwischenzustand ist ein Fall von spontaner Geburt. Es heißt auch, daß die Wesen bei der Entstehung dieses Weltsystems zuerst spontan und vollständig entwickelt geboren wurden. Falls es zu einer Geburt aus Feuchtigkeit und Wärme kommt, sieht das Wesen des Zwischenzustandes einen angenehmen, warmen Ort, nach dem ein solches Begehren entsteht, daß es wünscht, dort zu bleiben. Wenn man Geburt aus dem Mutterleib annehmen wird, sieht man den Vater und die Mutter im Geschlechtsakt. Wer als männliches Wesen wiedergeboren wird, fühlt sich von der Mutter angezogen und begehrt sie; wer als weibliches Wesen wiedergeboren wird, fühlt sich vom Vater angezogen und begehrt ihn. In diesem Zustand der Begierde endet der Zwischenzustand, und der Geburtszustand beginnt. Die Beendigung des Zwischenzustands und die Empfängnis im Mutterleib geschehen gleichzeitig.

Harvard, 57

Die materielle Ursache des Körpers, die aus dem Samen des Mannes und der Eizelle der Frau besteht, kann nicht die (materielle) Ursache für den Geist des Kindes sein, sondern nur die Ursache für seinen Körper. Wir wissen auch, daß die Erkenntnis eines Vaters nicht auf sein Kind übertragen werden kann, und so ist leicht zu verstehen, daß ebenso wie die materiellen Elemente der Eltern nicht die Ursache für den Geist des Kindes sein können, auch der Geist von Mutter und Vater nicht seine Ursache sein kann. In Wirklichkeit ist es so, daß der Geist des vergangenen Lebens die Ursache für den Geist des jetzigen ist. Hingegen gibt es keinen Zweifel daran, daß der Körper seine Existenz der Vereinigung von Samen und Eizelle verdankt.

Weisheit, 42

Das Geburtsstadium ist nur ein flüchtiger Moment, lediglich der Augenblick der Empfängnis. Gleich darauf beginnt das Dasein in der Zeit, das von der Bildung des physischen Körpers bis zum Tod dauert. Im Zustand des Todes, der sich noch im alten Körper ereignet, wird das Verhältnis von Träger und Getragenem, von Körper und Bewußtsein, aufgelöst. Zum Zeitpunkt des Todes berühren sich Bewußtsein und physischer Körper nur in ganz subtiler Weise. Das individuelle Bewußtsein vereinigt sich jetzt mit der feinsten inneren Energie oder „Luft", wie es heißt.

Interview, 59

Wir sind lebendig, wenn dieser zeitliche, grobstoffliche Körper mit dem Bewußtsein verbunden ist. Trennen sich beide, ist das der Tod. Man muß zwischen grobstofflichem, subtilem (feinstofflichem) und äußerst subtilem Körper und Bewußtsein unterscheiden. Der Tod ist die Trennung des Bewußtseins von dem grobstofflichen Körper. Das äußerst subtile Bewußtsein kann sich aber nicht von der äußerst subtilen Ebene des Körperlichen trennen, denn letztere ist nichts anderes als die innere Energie (oft als „Wind" bezeichnet), die Träger dieses Bewußtseins ist.

Logik, 217

Es gibt zwei Arten von Unbeständigkeit – weniger subtile und subtile Unbeständigkeit. Subtile Unbeständigkeit bezieht sich auf etwas, das Wissenschaftler, die Elementarteilchen erforschen, beschreiben können, denn sie nehmen die Erscheinung eines soliden Objektes wie z. B. dieses Tisches nicht einfach als gegeben hin. Dieser Tisch scheint derselbe zu sein, der gestern hier war, aber die Wissenschaftler betrachten den Wandel innerhalb der kleinsten Teilchen, aus denen Objekte zusammengesetzt sind. Die Substanzen, aus denen diese äußeren Objekte zusammengesetzt sind, zerfallen andauernd. Und in ähnlicher Weise zerfallen die inneren Bewußtseinsprozesse, die jene äußeren Objekte beobachten, von Moment zu Moment. Dieser andauernde Zerfall ist die subtile Unbeständigkeit. Weniger subtile Unbeständigkeit ist etwa die Zerstörung eines Objektes oder – in bezug auf den Menschen – der Tod einer Person.

Logik, 214

Wenn Sie nur an dieses eine Leben glauben und seine Fortsetzung nicht annehmen, hat es kaum eine Bedeutung, ob Sie sich über den Tod Gedanken machen oder nicht. Meditation über Tod und Unbeständigkeit beruht auf der Theorie der Kontinuität eines Bewußtseins in der Wiedergeburt. Wenn es ein anderes Leben gibt – eine Kontinuität des Bewußtseins in der Wiedergeburt –, kann es nur hilfreich sein, sich auf den Tod vorzubereiten, denn wenn wir vorbereitet sind, werden wir höchstwahrscheinlich im Sterbeprozeß keine Angst empfinden oder in Schrecken geraten und die Situation nicht durch unsere eigenen Gedanken komplizieren.

Wenn es zukünftige Leben gibt, dann hängt die Qualität des nächsten Lebens von diesem Leben ab. Wenn Sie jetzt verantwortungsbewußt leben, wird sich das im nächsten Leben positiv auswirken. Ärger, Anhaften usw. verführen uns zu einem ungünstigen Lebensstil, und dies führt zu schädlichen Wirkungen in der Zukunft. Eine Ursache für die Erzeugung dieser unerwünschten Bewußtseinszustände ist die Vorstellung von Dauerhaftigkeit. Es gibt weitere Ursachen, wie etwa die Vorstellung, daß Objekte inhärente Existenz hätten. Wenn Sie aber jetzt in der Lage sind, die Vorstellung von Dauerhaftigkeit langsam aufzugeben, wird das Verhaftet-Sein in diesem Leben schwächer. Wenn Sie beständig der Unbeständigkeit gewahr sind – indem Sie erkennen, daß es die Natur der Dinge ist, ständig zu zerfallen –, werden Sie vermutlich durch den Tod keinen allzu großen Schock erleiden, wenn er dann tatsächlich da ist.

Logik, 214

Es bringt große Vorteile, wenn man über den Tod nachdenkt. Wie ich schon sagte: Wenn Leiden erkannt wird, kann man seine Ursachen erforschen und kann ihm vor allem begegnen, ja entgegentreten. Früher oder später wird der Tod kommen. Wir wünschen ihn nicht, aber da wir einmal unter den Einfluß verunreinigter Handlungen und leidverursachender Emotionen geraten sind, wird er mit Bestimmtheit kommen. Wenn man von Anfang an über den Tod nachdenkt und sich vollkommen darauf vorbereitet, kann solche Vorbereitung in der Stunde des Todes wirklich helfen. Und das ist der Sinn des Nachdenkens über den Tod.

Logik, 214

Nachdenken über Tod und Unbeständigkeit führt auch dazu, daß wir uns nicht ausschließlich mit oberflächlichen Dingen befassen. Der Tod kommt bestimmt. Wenn man sich sein ganzes Leben über nur für die zeitlichen Dinge des Lebens interessiert und sich nicht auf den Tod vorbereitet, dann wird man in der Todesstunde an nichts anderes denken können als an das eigene geistige Leiden und die Furcht und wird keinerlei andere Übung anwenden können.

Logik, 215

Da die Bewußtseinsverfassung zum Zeitpunkt des Sterbens unmittelbare Auswirkungen auf die Kontinuität im nächsten Leben hat, ist es wichtig, jene Bewußtseinsverfassung in Todesnähe durch geistige Praxis zu prägen. Während des gesamten Lebens hat sich viel Gutes und Schlechtes ereignet. Was aber kurz vor dem Tod passiert, hat eine ganz besonders große Kraft bei der Prägung des künftigen

Bewußtseins. Deshalb ist es ganz wichtig, den Sterbeprozeß zu studieren und sich darauf vorzubereiten.

Logik, 216

Um den Tod vollständig zu überwinden, muß man die eigenen leidverursachenden Emotionen völlig zum Schweigen bringen. Denn wenn die leidverursachenden Emotionen überwunden sind, hört Geburt auf, und damit endet auch der Tod. Dies zu verwirklichen, bedarf es großer Anstrengung, und um dieses Bemühen in sich zu entwickeln, hilft es, über Tod und Unbeständigkeit zu reflektieren. Besinnt man sich auf Tod und Unbeständigkeit, entsteht der Wunsch, diese zu vermeiden, und das veranlaßt einen, nach Methoden zu fragen, mit denen der Tod überwunden werden kann.

Logik, 215

Für einen, der dabei ist, durch den Zwischen- oder Bardo-Zustand hindurchzugehen, beginnt dieser Zustand unmittelbar nach dem Todesprozeß. Im Zwischenzustand hat man zwar keinen physischen Körper, aber man hat eine Form, die durch das Zusammenwirken von Bewußtsein und innerer „Luft" zustandekommt. Sie ist gröber als der feinste Körper, aber auch feiner als der physische, den wir gewöhnlich sehen.

Sie hat die Gestalt des Wesens, als das man wiedergeboren wird. In manchen Erklärungen heißt es jedoch, daß der Bardo-Körper in der ersten Hälfte des Zwischenzustands die Form des vergangenen, in der zweiten die des zukünftigen Lebens hat.

Interview, 59

Was die Dauer des Aufenthalts im Zwischenzustand angeht, so heißt es, daß eine Lebensspanne im Zwischenzustand maximal sieben Tage lang ist. Danach tritt ein „kleiner Tod“ ein, der gegebenenfalls zur Annahme eines neuen Körpers im Zwischenzustand führt. Doch höchstens sieben Wochen oder neunundvierzig Tage lang kann man in einer solchen Serie von Zwischenzuständen bleiben, spätestens dann kommt es definitiv zum Eintritt in die neue Existenz. Es gibt jedoch zwei unterschiedliche Weisen, die Länge eines Tages im Zwischenzustand zu berechnen: Ein System geht von menschlichen Tagen aus; ein anderes von der Dauer eines Tages in dem Lebensbereich, in dem man wiedergeboren werden wird.

Harvard, 55

Die Wesen im Zwischenzustand sind wie Götter oder Geister, sie haben keinen grobstofflichen Körper, der ihnen viele Begrenzungen auferlegt. Für das normale Auge sind sie nicht sichtbar. Unter all denen, die keinen grobstofflichen Körper haben – nicht nur unter denen, die sich im Bardo aufhalten – gibt es viele verschiedene Arten: Götter, Halbgötter, Geister etc.

Interview, 60

Ein Wesen des Zwischenzustandes hat keinen grobstofflichen physischen Körper wie wir, sondern einen subtilen Körper. Er wird ausschließlich durch Wind, das heißt durch innere Energien, und durch den Geist hervorgebracht. Das bedeutet, daß das Wesen im Zwischenzustand unmittelbar an den Ort gelangt, zu dem es sich hingezogen fühlt. Demnach muß es schneller als das Licht sein, weil der Ortswechsel allein durch das Denken geschieht. Wenn es nicht schneller als das Licht wäre, würde man zwischen einigen Leben eine absurd lange Zeit reisen müssen; denn von einem Ende der Galaxie bis zu ihrem anderen Ende liegen sehr viele, ja sogar Millionen von Lichtjahren.

Harvard, 55

Welche Arten der Wahrnehmung hat ein Wesen im Zwischenzustand? In Übereinstimmung mit den guten und schlechten Taten der Person, ihrem Karma, treten die verschiedensten günstigen und ungünstigen Erscheinungen auf. Zudem kann man andere Wesen sehen, die auf der gleichen Ebene sind wie man selbst.

Harvard, 55*f*

In der buddhistischen Religion und ebenso in vielen anderen Religionen und Philosophien des Ostens glaubt man an die ununterbrochene Fortdauer des Geistes. Dieser Glaube ist die Grundlage für die Theorie der Wiedergeburt. Auch im frühen Christentum wurde von einigen die Wiedergeburt gelehrt, und ebenso ist sie im Sufismus teilweise heute noch lebendig. In vielen Formen des Hinduismus wird zwar ebenfalls die Theorie der Wiedergeburt angenommen, aber wenn man nach den letztlichen Ursprüngen fragt, wird die Welt doch wieder von einem Schöpfergott her erklärt.

Yoga, 43

Der letztliche Grund dafür, daß es Wiedergeburt gibt, ist der, daß unser Bewußtsein als Wesen reiner Lichthaftigkeit und Erkenntnis von einem früheren Moment des Universalen Bewußtseinskontinuums, d.h. von einem früheren Impuls von Lichthaftigkeit und Erkenntnis, hervorgebracht sein muß. Bewußtsein kann nicht von Materie verursacht sein. Da Bewußtsein von einem früheren Bewußtseinsmoment hervorgebracht wird, kann es keinen Beginn des Bewußtseinskontinuums geben. Das bedeutet, daß die allgemeinste und subtilste Form des Bewußtseins anfangs- und endlos ist. Dies ist die Basis für die Theorie der Wiedergeburt.

Logik, 63

Es ist nicht vernünftig zu meinen, es gebe keine vergangenen und zukünftigen Leben, nur weil man sie nicht gesehen hat. Das Nicht-Wahrnehmen von etwas beweist nicht dessen Nicht-Existenz. Dies wird heutzutage sehr deutlich sichtbar, da mit Hilfe moderner Instrumente viele Tatsachen bekannt werden und man viele Dinge sehen kann, die unseren Vorvätern völlig unbekannt waren. Die Existenz der früheren Leben wurde von denen bestätigt, die die Sammlung (*samadhi*) übten. Wenn sie sich in die höchsten Stadien der Konzentration versenkt hatten, wo der Geist sehr fein ist und fähig, sehr feine Dinge wahrzunehmen, erlebten sie ihre vergangenen Leben. Manche Meditierende mit großer Erfahrung haben sich sogar in großer Detailliertheit an viele Leben erinnert. Selbst wenn man die Beweisführung, die solche Meister der tiefen Meditation lieferten, nicht in Betracht zieht, so gab und gibt es doch heute noch viele Vorfälle in vielen Ländern der Welt, die für die Wiedergeburt sprechen. Von Zeit zu Zeit erzählen kleine Kinder von ihren Taten in einem vergangenen Leben und können die Familie nennen, in der sie lebten. Manchmal ist es möglich, solche Fälle nachzuprüfen und den Beweis zu erbringen, daß die vom Kind erinnerten Fakten nicht unsinnig, sondern tatsächlich zutreffend sind.

Weisheit, 42f

Wir schätzen besonders das, was wir unser eigen nennen. Wir sagen „mein Körper" oder „meine geistigen und physischen Aggregate" und schenken ihnen unsere ganze Aufmerksamkeit. Aber das, woran wir uns hängen, ist leidvoller Natur. Obwohl wir Geburt, Alter, Krankheit und Tod gar nicht wollen, sind diese ungewollten Leidenszustände doch das Resultat der verunreinigten geistigen und physischen Aggregate, die wir so sehr schätzen.

Um dieses Leid lindern zu können, müssen wir ergründen, ob es eine Technik gibt, mit der die verunreinigten geistigen und körperlichen Aggregate beseitigt werden können. Sind diese Aggregate durch Ursachen entstanden, oder haben sie keine Ursache? Hätten sie keine Ursache, könnten sie sich nicht verändern. Wir wissen aber, daß sie dem Wandel unterliegen, und das zeigt ihre Abhängigkeit von Ursachen an.

Logik, 170

Die angeborene Vorstellung von einem Selbst, die keine auf Beweisen gründende Bestätigung mit einschließt, ist das, was die Wesen im Existenzkreislauf bindet. Sie besteht nach diesen Systemen in der Vorstellung, daß die Person eine substantiell existente oder eigenständige Entität ist.

Tantra, 39

Betrachten wir unser Ich oder Selbst, meinen wir fälschlicherweise, es existiere inhärent, und durch diesen Fehler entstehen in uns die leidverursachenden Emotionen, durch die wir zu Handlungen motiviert werden, die uns in Fesseln legen und dazu führen, daß wir von den vier mächtigen Strömen des Leidens weggefegt werden. Diese falsche Ansicht eines inhärent existierenden Ich ist verursacht durch die Dunkelheit, die daher rührt, daß wir wiederum fälschlich meinen, die anderen Erscheinungen, vor allem die mentalen und physischen Aggregate – die als Basis für die Bezeichnung eines Ich dienen –, würden inhärent existieren. Auf dieser Grundlage kommen wir zu dem Fehlschluß, daß auch das „Ich" und „mein" inhärent existieren würden. Das wiederum ist die Grundlage für die Entstehung der leidverursachenden Emotionen wie Verlangen und Haß, durch die wir in verunreinigte Handlungen hineingezogen werden und Karmas erzeugen, die uns fesseln.

Logik, 184

Um Nicht-Selbst begreifen zu können, muß man wissen, was „Selbst“ ist, bzw. das Selbst, das nicht existiert, als solches identifizieren. Dann erst kann man das Gegenteil, Nicht-Selbst, verstehen.

Nicht-Selbst gehört nicht in die Kategorie der Dinge, die einmal existiert haben und nicht-existent geworden sind. Diese Art von „Selbst“ hat vielmehr niemals existiert. Es ist also notwendig, das als nicht-existent zu identifizieren, was immer nicht-existent war. Denn wenn wir diese Identifikation nicht vollziehen, werden wir in die leidverursachenden Emotionen der Begierde und des Hasses sowie in alle Probleme, die diese mit sich bringen, hineingezogen.

Was ist dieses Selbst, das nicht existiert? „Selbst“ bedeutet hier nicht die Person oder das Ich wie im gewöhnlichen Sprachgebrauch, sondern bezieht sich auf unabhängige Existenz, etwas, das aus seiner eigenen Kraft existiert.

Sie sollten alle Arten von Erscheinungen daraufhin untersuchen, ob sie aus eigener Kraft existieren, um zu sehen, ob sie ihre eigene unabhängige Art der Subsistenz haben oder nicht.

Wenn Erscheinungen aus eigener Kraft existieren, müssen sie bei der analytischen Untersuchung des bezeichneten Objekts immer deutlicher hervortreten.

Betrachten wir zum Beispiel die eigene Person (das gewöhnliche „Selbst") oder das Ich. Das Ich erscheint innerhalb des Kontexts von Geist und Körper. Wenn wir aber diese Faktoren, von denen her es erscheint, genau untersuchen, können wir es nicht finden.

Logik, 70f

Daß Objekte abhängig von einem subjektiven bezeichnenden Bewußtsein existieren, ist gleichbedeutend mit der Aussage, sie existieren nur nominal. Hinsichtlich meines Ich oder meiner Person also, die ich in den Faktoren, die Grundlage für ihre Bezeichnung sind – das sind Körper und Geist –, suchen wollte und nicht finden konnte, ergibt sich, daß es sich um ein Ich handelt, das bloß durch die Kraft der Begrifflichkeit existiert.

Logik, 71

VI

Der Weg zur Erleuchtung

Mehr als jede andere Tugend
betont der Buddhismus Uneigennützigkeit,
die in Liebe und heilender Hinwendung
Ausdruck findet.

Um vom Kreislauf der Geburten befreit zu werden, muß man zunächst die Absicht haben, diesen Kreislauf verlassen zu wollen. Diese Intention ist der erste der drei Hauptaspekte des Weges zur Erleuchtung. Weiterhin ist die korrekte Einsicht in die Leere notwendig. Zusätzlich muß man, will man die höchste Stufe der Befreiung erreichen, d.h. das Stadium der Allwissenheit im Großen Fahrzeug, die uneigennützige Absicht zur Erleuchtung erzeugen, die Erleuchtungsgeist genannt wird. Diese drei: der Entschluß zur Befreiung aus dem Kreislauf der Geburten, die korrekte Einsicht in die Leere und der altruistische Erleuchtungsgeist, sind die drei Hauptaspekte des Weges.

Logik, 159

Ohne diese kompromißlose Entschlossenheit gibt es keine Möglichkeit, die Suche nach lustvollen Erfahrungen im Ozean der Existenz zu beenden. Und es ist diese Begierde, durch die alle Wesen in Ketten gelegt sind.

Deshalb ist es für den Weg zur Erleuchtung wichtig, eine klare Entscheidung zu treffen, aus dem Kreislauf der Geburten auszubrechen. Nur dann kann man sich auf den Weg zur Erleuchtung begeben.

Logik, 169

Ein Mensch, der nicht ein gewisses Entsetzen verspürt, wenn er die Gebilde und Leiden des Kreislaufs der Wiedergeburten betrachtet, ist unfähig, eine innere Haltung einzunehmen, die Befreiung, Frieden sucht.

Um so denken zu können, muß man zuerst die Vorteile der Befreiung und die

Nachteile des Kreislaufs der Wiedergeburten verstehen.

Logik, 169

Weil gute oder schlechte Wirkungen durch gute oder schlechte Motivation verursacht werden, ist die Kultivierung einer uneigennützigen Motivation von allergrößter Bedeutung.

Logik, 160

Wenn man betrachtet, wie die Dinge dem Bewußtsein erscheinen, dann scheinen sie einer analytischen Betrachtungsweise zugänglich zu sein. Wenn die Dinge also wirklich so existierten, wie sie unserem Bewußtsein erscheinen, dann müßten sie bei einer näheren Prüfung immer klarer hervortreten. Die Tatsache, daß das nicht so ist, weist darauf hin, daß sie nicht so existieren, wie sie uns erscheinen. Kurz gesagt: obwohl sie scheinbar selbständig, aus sich selbst heraus existieren, existieren sie doch nicht in dieser Weise. Und so beginnt sich dann im Bewußtsein die Empfindung einzustellen, daß die Gegenstände nicht wirklich so existieren, wie sie es dem Anschein nach tun. Und wenn man sich allmählich an diesen Gedanken gewöhnt, dann erhält man schließlich Gewißheit darüber, daß die Gegenstände ganz und gar nicht so existieren, wie es den Anschein hat. Das Gefühl, das man dabei hat, ist das einer Leere, also einfach das Nichtvorhandensein selbständiger Existenz in den Dingen. Zu Beginn eines solchen Prozesses kann der Gegenstand, der eigentlich leer ist, noch als konkret vorhanden erscheinen. Um es einfacher zu sagen: wenn man ins Kino geht und sich einen Film ansieht, kann man zwei Momente unterscheiden. In beiden Fällen erscheinen Bilder vor dem visuellen Bewußtsein; im ersten Fall jedoch schaut man sie sich lediglich an, während man sich im zweiten vollkommen darüber im Klaren ist, daß diese Bilder keine tatsächliche Wahrheit verkörpern. Wenn man diesen Gedanken – daß das alles nicht existiert – festhält und stärker werden läßt, wenn man sich auf diese Nicht-Existenz konzentriert, dann wird langsam auch die äußere Erscheinung schwinden.

Der Grund dafür liegt darin, daß die unmittelbar davorliegende Bedingung des visuellen Bewußtseins beginnt abzunehmen. Das Begreifen der Leere bedeutet also zunächst, daß man etwas „Negatives" oder die Abwesenheit des Gegenstandes der Verneinung – nämlich: der selbständigen Existenz feststellt. Wenn auch am Anfang der Gegenstand noch sichtbar vorhanden ist, so wird er allmählich schwinden, indem man sich ausschließlich auf die Leere konzentriert. Und wenn das Objekt wieder in Erscheinung tritt, wird durch das Betrachten der Leere des Objekts der Gedanke erzeugt, daß es nicht so existiert, wie es erscheint. Dies nennt man die illusionsgleiche Erscheinung. An diesem Punkt wird man seiner quälenden Gefühle Herr. Alle fehlerhaften Bewußtseinshaltungen können nicht entstehen ohne die Mithilfe jener Vorstellung von selbständiger Existenz.

Interview, 75f

Das Gesicht in einem Spiegel ist leer davon, ein Gesicht zu sein, aber diese Leere davon, ein Gesicht zu sein, ist nicht seine Wirklichkeit; diese besteht in seiner Leere von selbständiger Existenz. Wenn der Verstand aus seiner tiefsten Tiefe das Nichtvorhandensein einer solchen Existenz begreift, kann an diesem Punkt keine andere

Art von Bewußtsein auftreten – nicht einmal der Gedanke „Das ist die Leere“. Wenn man den Gedanken hätte „Dies ist die Leere“, dann wäre die Leere schon wieder verschwunden. Sie wäre nur ein Objekt, das man beobachtet. Sie wäre nicht zum wirklichen Inhalt der Wahrnehmung durch das Bewußtsein geworden.

Interview, 77

Die Tatsache, daß die Dinge in der Analyse, in der man bemüht ist, das bezeichnete Objekt zu finden, nicht aufgefunden werden können, zeigt, daß die Erscheinungen nicht aus eigener Kraft existieren. Objekte sind nicht objektiv begründet in und durch sich selbst, aber dennoch existieren sie. Wenn ich in der Analyse den Tisch zu finden suche und nicht finden kann, so schmerzen mir doch die Knochen, wenn ich mit der Faust draufschlage. Damit zeigt meine eigene Erfahrung die Existenz an. Daß er aber in der Analyse nicht gefunden werden kann, bedeutet, daß er nicht durch sich selbst auf eigener objektiver Grundlage existiert. Und da er aber dennoch existiert, sagt man, er existiert durch die Kraft eines subjektiven konventionellen Bewußtseins.

Logik, 71

Die Phänomene existieren; denn sie bewirken Nutzen und Schaden. Jedoch, obwohl sie existieren, kann man in einem Objekt, analysiert man dessen letztliche Seinsweise, seine Entität nicht finden. Daraus folgt notwendigerweise, daß die Seinsweise der Phänomene nur eine abhängige sein kann – eine andere Möglichkeit besteht nicht. Da die Phänomene nur auf abhängige Weise existieren, ist Abhängigkeit ihre Natur; sie sind frei von einer Natur der Unabhängigkeit. Aus diesem Grund, weil die Phänomene von einer Natur der Unabhängigkeit leer sind, sagt man, daß die eigentliche Natur aller Phänomene ihre Leerheit (*sunyata*) ist.

Yoga, 54

Wenn Leere im Bewußtsein erscheint, wird nichts erscheinen außer dem Nicht-Vorhandensein inhärenter Existenz – eine bloße Eliminierung des Objekts der Negation. Deshalb gibt es für das Bewußtsein eines Menschen, der Einsicht in die Leere gewonnen hat, kein Gefühl von „Ich stelle Leere fest" und keinen Gedanken „Das ist Leere". Hätte man ein solches Gefühl, würde die Leere wieder entgleiten. Dennoch wird die Leere in bezug auf inhärente Existenz festgestellt oder erfahren.

Nachdem man zu solcher Einsicht gelangt ist, versteht man, daß die Erscheinungen nicht durch sich selbst existieren, selbst wenn sie so zu existieren scheinen. Man bekommt einen Sinn dafür, daß sie den Gebilden eines Magiers gleichen, da in beiden Fällen die Dinge anders erscheinen, als sie in Wirklichkeit sind: Obwohl sie inhärent zu existieren scheinen, versteht man, daß sie in Wirklichkeit bar inhärenter Existenz sind.

Werden Erscheinungen in dieser Weise gesehen, vermindern sich die Vorstellungen, die über das wirklich Vorfindliche hinaus ein Urteil über „Gut" und „Böse" auf die Erscheinungen auftragen und die der Grund für das Entstehen von Begierde bzw. Haß sind. Das ist deshalb so, weil diese Projektionen auf dem Fehlurteil beruhen, die Erscheinungen würden in und durch sich selbst existieren. Diese Verminderung der Fehlurteile bewirkt auf der anderen Seite, daß jene Bewußtseinskräfte an Stärke zunehmen, die eine echte Begründung haben. Das hat seinen Grund darin, daß der Sinn der Lehre von der Leere mit der Bedeutung des Konzepts vom Entstehen in gegenseitiger Abhängigkeit identisch ist. Weil die Erscheinungen in gegenseitiger Abhängigkeit entstehen, können sie in Abhängigkeit von bestimmten Umständen zu- oder abnehmen.

Auf diese Weise sind Ursache und Wirkung erfaßbar, verstandesmäßig eingrenzbar. Sind aber Ursache und Wirkung gültig bestimmbar, folgt, daß schlechte Wirkungen wie z. B. Leiden vermieden werden können, indem man die schlechten Ursachen abstellt. In gleicher Weise können gute Wirkungen wie z. B. Glück erzielt werden, indem man sich in guten Ursachen übt.

Logik, 72f

Es gibt zwei verschiedene Dinge, die man Raum nennen könnte: Den ätherischen Raum (*du ma byed kyi nam mkha*) und den atmosphärischen Raum (*bar snang*). Unter dem ätherischen Raum versteht man das Fehlen materieller Körper, und diesen Raum stellt man sich als unveränderlich vor.

Der atmosphärische Raum ist eine zusammengesetzte Einheit. Die Art von Raum, von dem Sie sagen, er wandle sich in etwas um, das eine Dichte besitzt, muß eine zusammengesetzte Einheit sein und somit ein atmosphärischer Raum. Der ätherische Raum ist vollkommen frei von Materie, er ist frei von Dichte oder Greifbarkeit, er ist das Fehlen materieller Hindernisse, er ist eine Art Leere.

Bodhgaya, 22f

Die uneigennützige Absicht, erleuchtet zu werden, oder der Erleuchtungsgeist, ist die besondere Einstellung, nach der eigenen vollkommenen Erleuchtung zum Buddha um der anderen Lebewesen willen zu trachten, wobei das Wohl der Lebewesen der wesentliche Inhalt dieser Absicht ist. Um solche Haltung zu erreichen, muß man die große heilende Hinwendung üben, die alle Lebewesen achtet und in dem Wunsch besteht, daß sie frei vom Leid und seinen Ursachen sein mögen. Um so zu empfinden, muß man darüber nachdenken, auf welche Art die Lebewesen leiden. Dies geschieht dadurch, daß man die eigene Erkenntnis des Leidens und seiner Ursachen, zu der man während der Kultivierung des Entschlusses, den Kreislauf der Geburten zu verlassen, gekommen war, auf alle Lebewesen überträgt.

Logik, 182

Obwohl wir diese Leiden nicht wollen, können wir ihnen nicht entgehen; so als würden wir von einem mächtigen Strom fortgetragen, stehen wir unter ihrer Macht. Daß wir machtlos von diesen vier mächtigen Strömen hinweggetragen werden, rührt daher, daß wir an die engen Fesseln unserer eigenen früheren Handlungen und die aus ihnen resultierenden Prägungen im Bewußtsein gebunden sind, denen man schwer widerstehen kann. Wir sind durch diese engen Fesseln gebunden, weil wir uns unter dem Einfluß der leidverursachenden Emotionen wie Verlangen und Haß befinden, die dadurch entstehen, daß wir uns in den sehr harten, ausweglosen und schwer durchdringbaren Käfig der ursprünglichen Annahme eines inhärent existierenden „Ich" und „mein" begeben haben.

Logik, 183*f*

Diese Gedanken sind überaus kraftvoll und können, in rechter Weise auf unsere eigene Situation angewendet, den Wunsch verstärken, den Kreislauf der Geburten zu verlassen. Wendet man diese Erkenntnisse dann auf die Erfahrung anderer Lebewesen an, entsteht heilende Hinwendung.

Logik, 183

Mehr als jede andere Tugend betont der Buddhismus Uneigennützigkeit, die in Liebe und heilender Hinwendung Ausdruck findet. Heilende Hinwendung ist wichtig, ob man nun gläubig ist oder nicht, denn jeder fühlt und erlebt die Bedeutung der Liebe.

Logik, 61

Obwohl es viele verschiedene Methoden zur Disziplinierung des Geistes gibt, ist es doch von immenser Bedeutung, vor allem an das Wohl der anderen zu denken. Wohlmeinende Gedanken für andere bringen nicht nur ihnen, sondern auch uns selbst Glück. Denken wir hingegen nur an unser eigenes Wohl, an unsere eigenen Annehmlichkeiten, so kann daraus nichts anderes als Leid entstehen.

Yoga, 103

Jeder von uns trägt für die gesamte Menschheit Verantwortung. Es ist an der Zeit, daß wir andere Menschen tatsächlich als Brüder und Schwestern betrachten, daß wir uns um ihr Wohlergehen kümmern, daß wir ihren Kummer, ihr Leiden lindern. Auch wenn Sie nicht vollkommen selbstlos sein können, sollten Sie nicht achtlos über die Interessen anderer Menschen hinweggehen. Wir sollten alle die Zukunft und das Wohl der Menschheit mehr in Betracht ziehen.

Außerdem helfen Sie nicht nur den anderen, wenn Sie Ihre eigensüchtigen Motive zähmen, wenn Sie Ihre Wut im Zaum halten und so weiter. Letztlich haben Sie selbst davon sehr viel mehr, als wenn Sie es nicht tun würden. Deswegen sage ich manchmal: Kluge Egoisten haben keine andere Wahl. Sie müssen sich so verhalten. Wer allerdings egoistisch ist und gleichzeitig dumm, wird nur an sich selbst denken. Das wird negative Konsequenzen haben. Also: Kluge Egoisten denken an andere, helfen anderen so gut sie können – mit dem Ergebnis, daß sie selbst davon profitieren.

Das ist meine Religion. Sie ist sehr einfach. Tempel? – Nicht nötig. Komplizierte philosophische Systeme? – Nicht nötig. Unser Hirn und unser Herz ist unser Tempel, Güte unsere Philosophie.

Achtsamkeit, 18

Die gute innere Einstellung, von der hier die Rede ist, drückt sich darin aus, daß ich mich in einer Situation, wo ich vor die Wahl zwischen meinem eigenen Wohl und dem der anderen gestellt bin, für das Wohlergehen der anderen entscheide. Dieses liebevolle Sorgen um die Interessen anderer, kann nicht sofort gelernt werden, es muß geübt werden.

Um das Glück und das Wohlergehen anderer wirklich zu wollen, brauche ich eine besondere altruistische Haltung, durch die ich befähigt werde, die Bürde auf mich zu nehmen, anderen zu helfen. Solch eine ungewöhnliche Haltung erreiche ich nur durch heilende Hinwendung, indem ich mich um das Leiden anderer kümmere und etwas zu seiner Überwindung tue. Um aber diese außerordentliche Kraft der heilenden Hinwendung zu erreichen, brauche ich zuallererst ein liebendes Herz, das unter dem Eindruck der leidenden Lebewesen wünscht, daß alle glücklich sind, das in jedem das Gute sieht und jedem Glück wünscht, so wie es eine Mutter für ihr einziges geliebtes Kind tut.

Um mich nun aber in dieser Weise mit den anderen verbunden fühlen zu können, muß ich zuerst üben, ihre Freundlichkeit zu erkennen. Dazu orientiere ich mich an einer Person, die in diesem Leben sehr gut zu mir gewesen ist, und übertrage die empfundene Dankbarkeit auf alle Wesen. Da es normalerweise die Mutter ist, die uns in diesem Leben am nächsten gestanden und die meiste Hilfe geschenkt hat, beginnt die Meditation damit, daß ich alle anderen Lebewesen als meine eigene Mutter erkenne.

Da die Kette der Wiedergeburten also notwendigerweise unendlich ist, hat jedes Wesen irgendwann einmal in derselben Beziehung zu uns gestanden wie unsere jetzige leibliche Mutter. Um sich in der Wiedererinnerung daran üben zu können, muß das Bewußtsein zuerst völlig zur Ruhe gelangen. Man beginnt damit, daß man sich darüber klar wird, daß wir die anderen in drei Kategorien einordnen – Freunde, Feinde und neutrale Wesen. Ihnen gegenüber haben wir drei verschiedene Einstellungen: Begierde, Haß und Gleichgültigkeit. Werden diese drei Einstellungen genährt, ist es unmöglich, eine uneigennützige Haltung zu praktizieren. Darum müssen Begierde, Haß und Gleichgültigkeit neutralisiert werden.

Logik, 62f

Jeden Morgen, wenn wir aufwachen, können wir uns ermahnen, eine altruistische Haltung einzunehmen. Wenn wir eine altruistische Haltung einnehmen, bewirkt sie viel Gutes.

Aber wenn wir voller Wut, Haß oder Eifersucht erwachen, werden diese negativen

Emotionen bewirken, uns mißtrauisch und unbehaglich zu fühlen.

Wenn wir diese Dinge anhand unserer Erfahrung ernsthaft betrachten und analysieren, werden wir allmählich zu mehr Ausgeglichenheit finden und dadurch imstande sein, den Augenblick, in dem ein negatives Gefühl in uns aufkeimt, zu erkennen.

Ich praktiziere diese Dinge und weiß, daß sie helfen. Ich versuche, allen Menschen gegenüber aufrichtig zu sein, selbst den Chinesen gegenüber. Wenn ich Feindseligkeit, Zorn und Haß entwickele, wer ist dann der Leidtragende? Ich verliere meine Zufriedenheit, meinen Schlaf und meinen Appetit, aber die Chinesen stören meine Gefühle nicht im geringsten. Wenn ich aufgewühlt bin, verschlechtert sich mein körperlicher Zustand, und einige Menschen, die ich glücklich machen könnte, werden so nicht glücklich werden.

Einklang, 31f

VII

Befreiung

*Durchschaut man die Nachteile des Seins
im Kreislauf, verliert man Interesse an ihm
und damit entsteht der Wunsch
nach Befreiung.*

Befreiung wird dadurch erlangt, daß man das tiefste Wesen des Geistes selbst erkennt; man empfängt sie also nicht von außen, und sie wird uns auch nicht von irgend jemand anders verliehen. Durch die Befreiung werden alle leidverursachenden Emotionen beseitigt, und auf Grund dessen erzeugen wir keine weiteren leidverursachenden Emotionen und häufen auch kein neues Karma an, ganz unabhängig von den äußeren Bedingungen, unter denen wir stehen. Der Befreiungsprozeß ist also abhängig von der Beseitigung der leidverursachenden Emotionen, von denen Verblendung die grundlegende ist; dies geschieht durch die Erzeugung des entsprechenden Gegenmittels, nämlich Weisheit. Da Weisheit von dem Entschluß abhängt, daß man vom Kreislauf der Wiedergeburten Befreiung finden möchte, ist Befreiung ohne diese Entschlossenheit nicht möglich. Darum ist also am Anfang der Entschluß wichtig, den

Kreislauf verlassen zu wollen. Durchschaut man die Nachteile des Seins im Kreislauf, verliert man Interesse an ihm und damit entsteht der Wunsch nach Befreiung. Wird dieser Wunsch stärker, wird man sich auch darum bemühen, die Techniken zu erlernen, um dem Kreislauf der Wiedergeburten zu entrinnen.

Logik, 172f

Ein Weisheitsbewußtsein, das die Leerheit erkennt, beobachtet dasselbe Objekt, das auch die Unwissenheit in ihrer Vorstellung von inhärenter Existenz beobachtet; aber dieses Weisheitsbewußtsein hat eine Erfassensweise, die der der Unwissenheit direkt entgegengesetzt ist. Denn das Weisheitsbewußtsein erfaßt das Objekt als leer von jeglicher inhärenten Existenz. Die Abwesenheit von inhärenter Existenz hat eine gültige Grundlage, deshalb tritt sie immer deutlicher zutage, je mehr man sie untersucht. Inhärente Existenz dagegen hat keine gültige Grundlage – außer vielleicht für unser Denken, das töricht auf der Annahme beharrt, es gäbe sie, weil wir von früher so sehr an diese Vorstellung gewöhnt sind –, und deshalb schwindet inhärente Existenz um so mehr, je mehr man sie analysiert.

Harvard, 129f

Der wichtigste Satz im Buddhismus im Hinblick auf die rechte Ansicht ist der vom abhängigen Entstehen. Die Existenz eines jeden Phänomens beruht notwendigerweise auf anderen Phänomenen; jedes Phänomen ist von anderem abhängig und wird in Abhängigkeit von anderem bestimmt. Aus diesem Grund spricht man von abhängigem Entstehen.

Yoga, 52

Würde nun ein Phänomen unabhängig, in sich existieren, so müßte der Gegenstand der Benennung durch die Suche danach um so deutlicher hervortreten. Weil jedoch der Gegenstand der Benennung nicht aufzufinden ist, wenn man danach sucht, spricht man von Nichtexistenz. Das bedeutet aber nicht, daß die Phänomene überhaupt nicht existieren; denn sie bewirken ja unter anderem Nutzen und Schaden.

Yoga, 53

Wenn uns die Phänomene erscheinen, gewahren wir sie jedoch immer so, als seien sie unabhängig. Deshalb ist es notwendig, daß wir über die letztliche Natur der Phänomene – ihre Leerheit – Überlegungen anstellen und dann kraft dieser Untersuchungen ein sicheres Verständnis davon erlangen, daß die Phänomene nicht in der Weise existieren, wie sie uns erscheinen.

So wird erkannt, in welcher Weise die Phänomene ohne Geburt, ohne Entstehung, sind. Wenn man dieses Verständnis kontinuierlich weiter schult, erlangt es am Ende die Kraft, die irrtümliche Vorstellung, die Phänomene besäßen wahre Existenz, die die Wurzel aller Leidenschaften ist, ganz zu beenden.

Yoga, 54f

Allgemein gesagt, gibt es verschiedene Bewußtseinsebenen. Die grobstofflicheren Ebenen hängen im wesentlichen vom Bereich des Physischen oder Materiellen ab. Da sich das eigene körperliche Aggregat (der Körper) von Geburt zu Geburt ändert, ändern sich auch diese grobstofflicheren Ebenen des Bewußtseins. Je subtiler die Ebene des Bewußtseins wird, desto unabhängiger wird sie vom Bereich des Physischen, desto wahrscheinlicher wird es, daß sie von einer Existenz zur nächsten weiterexistiert. Aber im allgemeinen sind alle Bewußtseinsebenen, seien sie nun subtil oder grobstofflich, von gleicher Natur.

Bodhgaya, 30f

Betrachten wir das erkennende Bewußtsein selbst: Obwohl die Lebewesen, wir Menschen eingeschlossen, seit Jahrtausenden Bewußtsein erfahren, wissen wir doch noch nicht, was Bewußtsein eigentlich ist, wie es arbeitet, was sein Wesen ausmacht. Solche Phänomene, die keine körperlichen Eigenschaften, weder Gestalt noch Farbe besitzen, gehören zu einer Kategorie, die man nicht mit den gleichen Methoden verstehen kann, mittels derer äußere Phänomene erforscht werden.

Bodhgaya, 32

Sucht man bei einem Bewußtsein nach seinen hauptsächlichen, substantiellen Ursachen, so können diese nur etwas sein, das grundsätzlich die gleiche Natur wie das Bewußtsein selbst besitzt. Die Ursachen, die das Kontinuum des Bewußtseins aufrechterhalten, innerhalb dessen alle Bewußtseins-Augenblicke von ähnlicher Art sind, müssen selbst auch die grundlegenden Wesensmerkmale des Bewußtseins, nämlich Klarheit und Erkenntnis, besitzen. Es ist nicht möglich, etwas als substantielle, artgleiche Ursache für einen späteren Bewußtseinsaugenblick, der ja immer klar und erkennend ist, zu bestimmen, das selbst nicht diese selben Wesensmerkmale trägt.

Yoga, 45

Die Definition des Bewußtseins ist Klarheit und Erkenntnis; aber das ist nicht einfach zu verstehen. In jedem Fall kann man sagen, daß das Bewußtsein nichts Körperliches ist; es hat weder Gestalt noch Farbe. Es ist ähnlich offen wie der Raum, der die bloße Abwesenheit von hindernden Tastobjekten ist. Seiner Natur nach ist es klar und erhellend, und es besitzt die Fähigkeit, jedes Objekt, mit dem es in Kontakt kommt, zu erkennen, indem es dessen Ausprägung widerspiegelt. Allerdings hat das Bewußtsein seine eigene Beschaffenheit, die über das mit Worten Sagbare hinausgeht: Erst wenn man den Geist nach innen lenkt und sich immer mehr mit dem Bewußtsein vertraut macht, so daß sich allmählich ein Gefühl für seine Natur entwickelt, wird das Verständnis, was Bewußtsein eigentlich ist, immer klarer werden.

Die bloße klare und erkennende Natur des Geistes kommt deutlicher im Augenblick des Kontaktes mit dem Objekt zum

Vorschein, wenn die Begriffsbildung, die das Objekt als etwas Gutes, etwas Schlechtes und so weiter beurteilt, noch nicht eingesetzt hat. Zu diesem Zeitpunkt ist das Bewußtsein des Objekts einerseits schon aus dem latenten Zustand heraus, aber andererseits noch nicht in dem Zustand des begrifflichen Erfassens. Das ist die Zeit der bloßen Klarheit und Erkenntnis.

Harvard, 60f

In bezug auf das Bewußtsein wird nicht von räumlicher Unteilbarkeit gesprochen (da das Bewußtsein nicht-materiell und somit auch nicht-räumlich ist), sondern von einer zeitlichen Unteilbarkeit. In der Diskussion der Unteilbarkeit versteht man unter „Teilchen“, auf die im buddhistischen Kontext verwiesen wird, keine empirisch getesteten unterscheidbaren Teilchen. Materielle Dinge werden also strikt theoretisch und abstrakt in räumliche Teile und das Bewußtsein wird in zeitliche Anteile unterteilt.

Bodhgaya, 24

Unser Geist ist ein augenblickliches, ein wechselhaftes Phänomen. Er vergeht mit jedem Augenblick, ändert sich also unaufhörlich. Diese Veränderungen des Geistes sind ein Anzeichen dafür, daß er auf Ursachen beruht. Denn der Geist ist ein wirksames Phänomen, und daher entsteht er, wie alle Arten von wirksamen Phänomenen, aus Ursachen. Ursachen kann man allgemein in zwei Arten unterteilen: substantielle Ursachen und mitwirkende Ursachen. Die substantiellen Ursachen bilden einen Teil des substantiellen, artgleichen Kontinuums des Phänomens, das sie erzeugen. Die mitwirkenden Ursachen sind weitere Ursachen des Phänomens, das hervorgebracht wird, liegen aber außerhalb seines Kontinuums und wirken von außen auf dieses ein. Bei allen wirksamen Phänomenen müssen ihre substantiellen Ursachen innerhalb ihres eigenen Kontinuums, dessen Bestandteile alle von ähnlicher Art sind, aufzufinden sein. So ist unsere Galaxie aus einem Gas entstanden, das die vier Grundelemente Erde (Festes), Wasser (Flüssiges), Feuer (Wärme) und Wind (Bewegung) enthielt. Die substantiellen Ursachen der Galaxie sind kleinste körperliche Teilchen, und obwohl alle Einzelheiten ihrer gegenwärtigen Körperlichkeit, etwa die jetzige Gestalt und Farbe, bei den in der Vergangenheit liegenden Ursachen noch nicht vorhanden waren, wissen wir doch, daß sie ihre gegenwärtige Form durch einen fortschreitenden Aufbau aus diesem ununterbrochenen Kontinuum kleinster Teilchen angenommen hat. Dieses Kontinuum weist immer das Wesen der vier Grundelemente auf.

Nach buddhistischer Beschreibung sind Erde, Wasser, Feuer und Wind die vier Grundelemente; dazu kommt nach dem Kalacakra-Tantra als fünftes Element der Raum. Sie bilden die Grundlage für den gesamten Kosmos. Auch die physische Grundlage der Lebewesen wird von diesen fünf Elementen gebildet: In diesem Fall sind sie die fünf inneren Elemente. So unterscheidet man die fünf äußeren und die fünf inneren Elemente voneinander.

Yoga, 44f

Der Geist ist leuchtend, er strahlt, er ist die Erkenntnis selbst. Darum kann die Ursache der Erkenntnis nicht von anderer Natur sein. Wäre es so, dann würde der Geist mit dem körperlichen Wachstum oder Verfall notwendigerweise zugleich diesen Prozessen unterworfen sein. Ferner könnte der Geist in einem Leichnam erscheinen (da entsprechend der Meinung der Materialisten der Geist nur eine Funktion der Elemente ist). Es ist richtig zu behaupten, daß eine Beziehung zwischen Körper und Geist besteht, aber diese Erkenntnis sollte einen nicht zu der Meinung verführen, daß der Geist dem Körper entstamme. Ebenso ist es richtig zu sagen, daß Wachstum und Verfall des Geistes bis zu einem gewissen Grade vom physischen Körper abhängig sind, doch kann der Körper nicht als materieller Ausgangspunkt für den Geist bezeichnet werden. Der Körper ist nur die mitbedingende Ursache des Geistes, denn ein materielles Ding kann niemals die Ursache des Geistes sein.

Was nicht Geist ist, kann nicht Geist werden, noch kann Geist zu Nicht-Geist werden, da die Natur des Geistes und die Natur des Nicht-Geistes verschieden sind.

Weisheit, 41

Es gibt keinen Anfang des Geistes. Und auch kein Ende. In einem einzelnen Geist und Bewußtsein gibt es Anfang und Ende, aber im Hinblick auf allein diesen Faktor von Klarheit und Erkennen gibt es weder Anfang noch Ende. Manchmal kommt es vor, daß ein Bewußtsein keinen Anfang, jedoch ein Ende hat. Die Heimsuchung durch ein quälendes Gefühl, zum Beispiel durch Eifersucht. Wenn man von ihr schließlich freigeworden ist, dann kommt das Kontinuum dieses Bewußtseinszustandes zu einem Ende. Es ist die wahre Natur des Geistes, klar und erkennend zu sein. Mehr kann man dazu nicht sagen.

Interview, 42f

VIII

Meditation

Es *wird immer dringlicher,*
daß wir das geistige und spirituelle Leben
als die eigentliche stabile Grundlage
für das Erlangen *von wahrhaftem* Glück
und Frieden *anerkennen.*

Die Grundsätze philosophischer Systeme müssen auf der Basis eines geschulten geistigen Kontinuums praktiziert werden. Deshalb ist Meditation außerordentlich bedeutungsvoll, insbesondere auch am Anfang.

Bei Meditationstechniken, die ein Beobachtungsobjekt benutzen, kann es zwei Arten von Objekten geben: äußere und innere.

Das, was die Unbeweglichkeit des Beobachtungsobjektes verhindert und Ursache der geistigen Fluktuation ist, ist die Erregung oder – allgemeiner gesprochen – die Zerstreuung. Um sie zu bremsen, muß man das Bewußtsein stärker einwärts kehren, so daß die Intensität der Wahrnehmungsweise zu sinken beginnt. Um das Bewußtsein nach innen zu kehren, ist es hilfreich, an etwas zu denken, das Sie nüchterner, vielleicht sogar ein wenig traurig macht. Solche Gedanken können eine erhöhte Wahrnehmungsweise des

Meditationsobjektes verursachen. Das Bewußtsein war zu angespannt, es löst sich nun etwas, wodurch es in die Lage versetzt wird, besser bei dem Meditationsobjekt zu bleiben.

Es genügt nicht, nur Unbeweglichkeit oder Stabilität zu erzielen, sondern wir müssen auch Klarheit oder Deutlichkeit erlangen, was allerdings durch die Schlaffheit erschwert wird. Ursache der geistigen Schlaffheit ist ein übermäßiges Zurückziehen und unmäßiges energetisches Absenken der Bewußtseinskraft. Zuerst wird dann das Bewußtsein schlaff; dies kann zu einer Lethargie führen, in die man wie in eine Dunkelheit hineinfällt, wobei das Beobachtungsobjekt verloren geht. Am Ende schlafen wir vielleicht sogar ein. Wenn das passiert, muß man die Wahrnehmungsintensität erhöhen. Eine hilfreiche Technik dafür ist der Gedanke an etwas, das man mag, an etwas Erfreuliches. Oder man begebe sich auf ein hochgelegenes Plateau, von dem aus man einen weiten Blick genießt. Diese Technik verursacht eine Erhöhung der Wahrnehmungskraft für ein erschlafftes Bewußtsein.

Wir müssen lernen, aus eigener Erfahrung zu erkennen, wann die Wahrnehmungskraft zu erregt oder zu schlaff geworden ist, so daß wir die besten Mittel zur Abschwächung oder Erhöhung derselben einsetzen können.

Das Beobachtungsobjekt, das man visualisiert, muß mit Achtsamkeit festgehalten werden. Dann ergründet man – gleichsam als Unbeteiligter, aber immer noch im Zustand der Achtsamkeit des Bewußtseins –, ob das Objekt deutlich und unbeweglich ist. Die Fähigkeit zu dieser begleitenden Beobachtung nennt man Introspektion. Wenn man starke und beständige Achtsamkeit erreicht hat, wird Introspektion hervorgebracht. Die spezifische Aufgabe der Introspektion ist die zeitweilige Prüfung des Bewußtseins, das selbst feststellt, ob es unter den Einfluß von Erregung oder Schlaffheit geraten ist. Wenn man Achtsamkeit und Introspektion gut entwickelt, wird man fähig, Schlaffheit und Erregung kurz vor dem Moment ihres Entstehens zu fassen, so daß man ihr Entstehen unterbinden kann.

Logik, 98*ff*

Eine andere Meditationsweise besteht darin, daß man das Bewußtsein selbst betrachtet. Versuchen Sie, Ihr Bewußtsein ganz lebendig in einem natürlichen Stadium zu belassen, ohne daß Sie an Ereignisse in der Vergangenheit oder an Pläne für die Zukunft denken, ohne also irgendeine Art von Begrifflichkeit zu entwickeln. Wo mag das Bewußtsein jetzt sein? Ist es im Sehen, oder wo ist es? Höchstwahrscheinlich haben Sie das Gefühl, daß es irgendwie mit den Augen verbunden ist, weil wir einen großen Teil unserer Bewußtheit in bezug auf die Welt vom Sehen ableiten. Das ist so, weil wir uns zu sehr auf das Bewußtsein der Sinne gestützt haben. Die Existenz eines davon getrennten mentalen Bewußtseins kann man aber feststellen: Wenn die Aufmerksamkeit zum Beispiel durch ein Geräusch abgelenkt wird, bemerkt man das, was dem Sehbewußtsein erscheint, nicht. Dies zeigt an, daß ein separates mentales Bewußtsein in diesem Moment dem vom Hörbewußtsein gehörten Geräusch größere Aufmerksamkeit schenkt als der Wahrnehmung des Sehbewußtseins.

Durch anhaltende Praxis kann man das Bewußtsein schließlich als reine Lichthaftigkeit und Erkennen wahrnehmen, dem alles erscheinen kann und das im Bild eines jedweden Objektes erzeugt werden kann, wenn entsprechende Bedingungen vorhanden sind. Solange dem Geist die äußeren Umstände der Begrifflichkeit nicht aufgelegt werden, wird er leer bleiben, ohne daß ihm irgendetwas erscheint. Er ist wie klares Wasser, und sein Wesen ist reine Erfahrung. Indem wir dieser Natur des Geistes gewahr werden, haben wir erstmals das Beobachtungsobjekt dieser inneren Art der Meditation lokalisiert. Die beste Zeit, diese Meditation zu üben, ist der frühe Morgen, wenn das Bewußtsein sehr klar und wach ist. Man übe aber an einem ruhigen Ort.

Logik, 101

Angenommen, Sie sind ein Mensch, der sich zur Mittelklasse zählt. Sehr gut. Stehen Sie in Ihrem normalen Alltag am frühen Morgen auf und verbringen Sie zumindest ein paar Minuten, wenn möglich eine halbe oder eine ganze Stunde, mit Meditation. Selbst wenn Sie nicht die tiefere Bedeutung kennen, richten Sie Ihre Gedanken ganz einfach nach innen, und versuchen Sie, einige Erfahrungen über die Natur des Geistes zu gewinnen. Diese Natur ist klares Licht. Versuchen Sie es, es wird Ihnen in dem Moment eine gewisse Entspannung und Erholung geben, und Sie werden auch mehr innere Ruhe gewinnen. Zudem trägt das nach innen gerichtete Denken, die nach innen gerichtete Meditation, dazu bei, Ihren Geist zu schärfen, und auf diesem Wege wird auch die Kraft Ihres Gedächtnisses gestärkt. Das ist etwas, was Sie selbst im Geschäftsleben brauchen. Ein klarer, scharfer Verstand und ein gutes Gedächtnis sind sehr nützlich. Dann brauchen Sie keine Notizen, müssen nicht bei jeder Neuigkeit schnell nach ihrem kleinen Notizbuch greifen. Denn alles können Sie oben im Kopf abspeichern. So ist die Schärfung des Geistes selbst im weltlichen Leben von großem Nutzen. Verbringen Sie also ein paar Minuten oder eine Stunde mit Meditation. Nehmen Sie danach ein gutes Frühstück zu sich, und gehen Sie dann Ihren üblichen Geschäften nach.

Bleiben Sie bei Ihrer Arbeit ein guter Mensch, ein ehrlicher Mensch. Hegen Sie keine Gefühle von Haß und Wut auf andere. Wenn jemand Ihnen gegenüber etwas falsch macht, dann können Sie durchaus in der richtigen Weise und im richtigen Maß reagieren, wie es den jeweiligen Umständen angemessen ist, ohne Ihre Geduld, Ihr Mitgefühl und Ihren inneren Frieden zu verlieren. So zu handeln, ist besonders in der Wettbewerbsgesellschaft wichtig.

Dann, am Abend, gehen Sie nicht in den Nachtklub oder hierhin und dorthin, sondern bleiben Sie zu Hause, entspannen Sie sich, sehen Sie von Zeit zu Zeit in den

Fernseher, hören Sie die Nachrichten, und wenn Sie es wirklich benötigen, nehmen Sie ein leichtes Getränk, vielleicht etwas Bier, zu sich. Nehmen Sie sich dann noch einmal etwas Zeit zur Meditation. Fragen Sie sich, was Sie an diesem Tag wirklich getan haben. Prüfen Sie, rechnen Sie nach. Oft rechnen Sie Ihr Geld nach, wieviel Sie am Tag ausgegeben haben, wieviel Sie eingenommen haben, auch das ist wichtig; aber noch wichtiger ist, daß Sie die Taten des Tages nachrechnen, was Sie an falschen Dingen getan haben und was Sie an guten Dingen getan haben. Bekennen Sie sich Ihre schlechten Handlungen und bereuen Sie sie, freuen Sie sich über die guten Handlungen, und fassen Sie dabei den festen Entschluß, daß Sie auch in Zukunft weiter so handeln wollen. Dann legen Sie sich zum Schlafen, sehr ruhig – auch ohne Schlaftablette.

Yoga, 29ff

Die heutige Welt wird zusehends materialistischer. Die Menschheit nähert sich, getrieben von dem unersättlichen Verlangen nach Macht und ausgedehntem Besitz, dem Zenith äußerer Entwicklungsmöglichkeiten. In diesem vergeblichen Streben nach äußerer Vervollkommnung der Welt mit ihren relativen Werten entfernt man sich jedoch immer weiter von innerem Frieden und geistigem Glück. Wir alle können dies bezeugen. Denn wir alle werden in dieser furchtbaren Zeit der Massenvernichtungswaffen von unaufhörlichen Ängsten geplagt. Es wird immer dringlicher, daß wir das geistige und spirituelle Leben als die eigentliche stabile Grundlage für das Erlangen von wahrhaftem Glück und Frieden anerkennen.

Deshalb bete ich dafür, daß das kostbare Licht der Spiritualität für lange Zeit in dieser Welt weiterbestehen und die dunklen Schatten einer nur materialistischen Weltsicht aufhellen möge. Wir alle müssen den Willen stärken, große Anstrengungen auf uns zu nehmen, daß dieses Licht fest in unserem Herzen bewahrt wird und sich von dort in der Welt verbreiten kann. Nur so können die Herzen aller für seine heilende Kraft geöffnet werden. Wenn wir einen solchen Entschluß fassen, entgehen wir dem Weg der weltlichen Macht, da die heilende Kraft des Geistes auf natürliche Weise dem Weg des Geistigen nachfolgt. Diese heilende Kraft steckt nicht in den Steinen schöner Gebäude, nicht im Gold von Statuen, nicht in der Seide, aus der schöne Kleider geschneidert werden, und auch nicht in dem Papier der Heiligen Schriften, sondern sie ist in der unaussprechlichen Essenz des Geistes und der Herzensgüte der Menschen zu finden.

Wir sind frei in der Entscheidung, den Pfaden zu folgen, die die großen Lehrer uns zeigten, damit wir unser Denken und die Gefühle unseres Herzens reinigen und verfeinern können. Durch ernsthafte Übung im täglichen Leben wird man das gemeinsame Ziel aller Religionen erfüllen, ganz gleich, welcher Konfession man angehört. Und wenn der innere Glanz, der durch die spirituelle Übung erzeugt wurde, die Welt erhellt – wie es zu manchen Zeiten in der Vergangenheit geschehen ist – können die großen Nationen der Welt vom Erleuchtungsgeist mit seiner Liebe und Barmherzigkeit inspiriert werden. Vielleicht verringert sich dadurch ihre Besessenheit von dem vergeblichen Streben nach immer mehr Macht. Vielleicht werden sie ihre Zuflucht in den ethischen Grundsätzen der Religion suchen, diesem universellen Heilmittel, der unerschöpflichen Quelle geistiger Inspiration und Wandlung.

Yoga, 101*f*

Ich habe diese Worte geschrieben,
Weil eine Empfindung mich ständig begleitet.
Immer, wenn ich einem Menschen begegne,
Und sei er auch ein „Fremder“,
Ist es die gleiche Empfindung:
„Wieder begegne ich hier einem Angehörigen
Unserer menschlichen Familie.“
Meine Liebe zu allen Lebewesen,
Meine Hochachtung vor ihnen,
Sind stetig gewachsen.
Und ich fühle den Wunsch in mir,
Etwas zu tun für den Frieden in der Welt.
Ich bete, daß die Menschen dieser Erde
Freundlicher miteinander umgehen mögen,
Voll gegenseitiger Liebe und Anteilnahme.
Und ich richte diese Worte an alle,
Die das Leiden in der Welt verringern wollen
Und deren tiefster Wunsch es ist,
Ein Glück zu finden,
Das von Dauer ist.

(Tenzin Gyatso) Weg, 23

Quellenverzeichnis

Für die freundliche Abdruckgenehmigung danken wir den nachstehend genannten Verlagen, aus deren Werken die Texte ausgewählt wurden:

Weisheit:

Dalai Lama XIV, Das Auge der Weisheit. Grundzüge der buddhistischen Lehre für den westlichen Leser.
© deutsche Rechte O.W. Barth Verlag (im Scherz Verlag) Bern, München 1975.

Achtsamkeit:

Dalai Lama XIV, Das Auge einer neuen Achtsamkeit. Traditionen und Wege des tibetischen Buddhismus. Eine Einführung aus östlicher Sicht.
Schneelöwe Verlagsberatung & Verlag Monika Chellus, Aitrang.

Freiheit:

Dalai Lama XIV, Das Buch der Freiheit. Die Autobiographie des Friedensnobelpreisträgers.
© Gustav Lübbe Verlag, Bergisch Gladbach 1990.

Bodhgaya:

Dalai Lama XIV, Die Gespräche in Bodhgaya.
Herausgegeben von José Ignacio Cabezón.
Aquamarin Verlag, Grafing 1989.

Einklang:

Dalai Lama XIV, Im Einklang mit der Welt. Der Friedensnobelpreisträger im Gespräch.
© Gustav Lübbe Verlag, Bergisch Gladbach 1993.

Logik:

Dalai Lama XIV, Logik der Liebe. Aus den Lehren des Tibetischen Buddhismus für den Westen.
Alle Rechte an der deutschsprachigen Ausgabe beim Wilhelm Goldmann Verlag, München 1989.

Weg:

Dalai Lama XIV, Ein menschlicher Weg zum Weltfrieden.
Diamant Verlag, Arnstorf [3]1991.

Güte:

Dalai Lama, Eine Politik der Güte. Schriften von und über das religiöse und politische Oberhaupt des tibetischen Volkes. Herausgegeben von Sidney Piburn. Walter-Verlag AG 1992.

Harvard:

Dalai Lama XIV, Die Vorträge in Harvard. Aquamarin Verlag, Grafing 1991.

Yoga:

Dalai Lama XIV, Yoga des Geistes. dharma edition, Hamburg ²1991.

Interview:

John F. Avedon, Ein Interview mit dem Dalai Lama. Diamant Verlag, Arnstorf ²1985.

Tantra:

Tantra in Tibet. Das geheime Mantra des Tsong-ka-pa. Herausgegeben von Jeffrey Hopkins. Eingeleitet vom 14. Dalai Lama. Eugen Diederichs Verlag, München 1989.

In gleicher Ausstattung sind erschienen:

Phil Bosmans
Worte zum Menschsein
ISBN 3-451-27039-0

Gautama Buddha
Worte lebendiger Stille
ISBN 3-451-26926-0

Eugen Drewermann
Worte für ein unentdecktes Land
ISBN 3-451-27034-X

Theodor Fontane
Worte, die von Herzen kommen
ISBN 3-451-27037-4

Erich Fromm
Worte wie Wege
ISBN 3-451-27042-0

Mahatma Gandhi
Worte des Friedens
ISBN 3-451-27036-6

Khalil Gibran
Worte wie die Morgenröte
ISBN 3-451-26928-7

Hermann Hesse
Worte des Zauberers
ISBN 3-451-27038-2

Anne Morrow Lindbergh
Worte wie Muscheln
ISBN 3-451-26929-5

HERDER

Norman Vincent Peale
Worte positiver Kraft
ISBN 3-451-26930-9

Rainer Maria Rilke
Worte, die verwandeln
ISBN 3-451-26931-7

Antoine de Saint-Exupéry
Worte wie Sterne
ISBN 3-451-26932-5

Albert Schweitzer
Worte über das Leben
ISBN 3-451-27035-8

Thich Nhat Hanh
Worte der Achtsamkeit
ISBN 3-451-27040-4

Weisheit der Indianer
Worte wie Spuren
ISBN 3-451-26933-3

Außerdem erschienen:

Hildegard von Bingen
Worte lebendigen Lichts

Vincent van Gogh
Worte wie Feuer

C. G. Jung
Worte der Seele

Yehudi Menuhin
Worte wie Klang in der Stille

Mohammed
Worte wie Oasen

Christian Morgenstern
Worte des Lächelns

Ramakrishna
Worte ewiger Harmonie

HERDER

Geschenke der Zuneigung

Franz von Assisi
Zeichen der Dankbarkeit
ISBN 3-451-26561-3

Phil Bosmans
Fest der Freude
ISBN 3-451-26562-1

Gautama Buddha
Geschenke der Stille
ISBN 3-451-26564-8

Walking Buffalo
Schönheit der Schöpfung
ISBN 3-451-26568-0

Mahatma Gandhi
Kraft des Friedens
ISBN 3-451-26689-X

Khalil Gibran
Das Geheimnis des inneren Friedens
ISBN 3-451-26566-4

Hermann Hesse
Geheimnis der Seele
ISBN 3-451-26691-1

Anthony de Mello
Momente des Glücks
ISBN 3-451-26563-X

Norman Vincent Peale
Positive Gedanken
ISBN 3-451-26565-6

Rainer Maria Rilke
Zauber der Zuneigung
ISBN 3-451-26567-2

Albert Schweitzer
Geschenk der Zuwendung
ISBN 3-451-26690-3

Mutter Teresa
Zeichen der Barmherzigkeit
ISBN 3-451-26688-1

HERDER

Sonnenstrahlen von Phil Bosmans

Phil Bosmans
Sonnenstrahlen der Freude
tun dir gut
ISBN 3-451-26076-X

Phil Bosmans
Sonnenstrahlen der Freundschaft
tun dir gut
ISBN 3-451-26316-5

Phil Bosmans
Sonnenstrahlen des Glücks
tun dir gut
ISBN 3-451-26077-8

Phil Bosmans
Sonnenstrahlen der Hoffnung
tun dir gut
ISBN 3-451-26078-6

Phil Bosmans
Sonnenstrahlen ins Leben
tun dir gut
ISBN 3-451-26447-1

Phil Bosmans
Sonnenstrahlen der Liebe
tun dir gut
ISBN 3-451-26315-7

Phil Bosmans
Sonnenstrahlen des Herzens
tun dir gut
ISBN 3-451-26079-4

Phil Bosmans
Sonnenstrahlen der Schöpfung
tun dir gut
ISBN 3-451-26446-3

HERDER